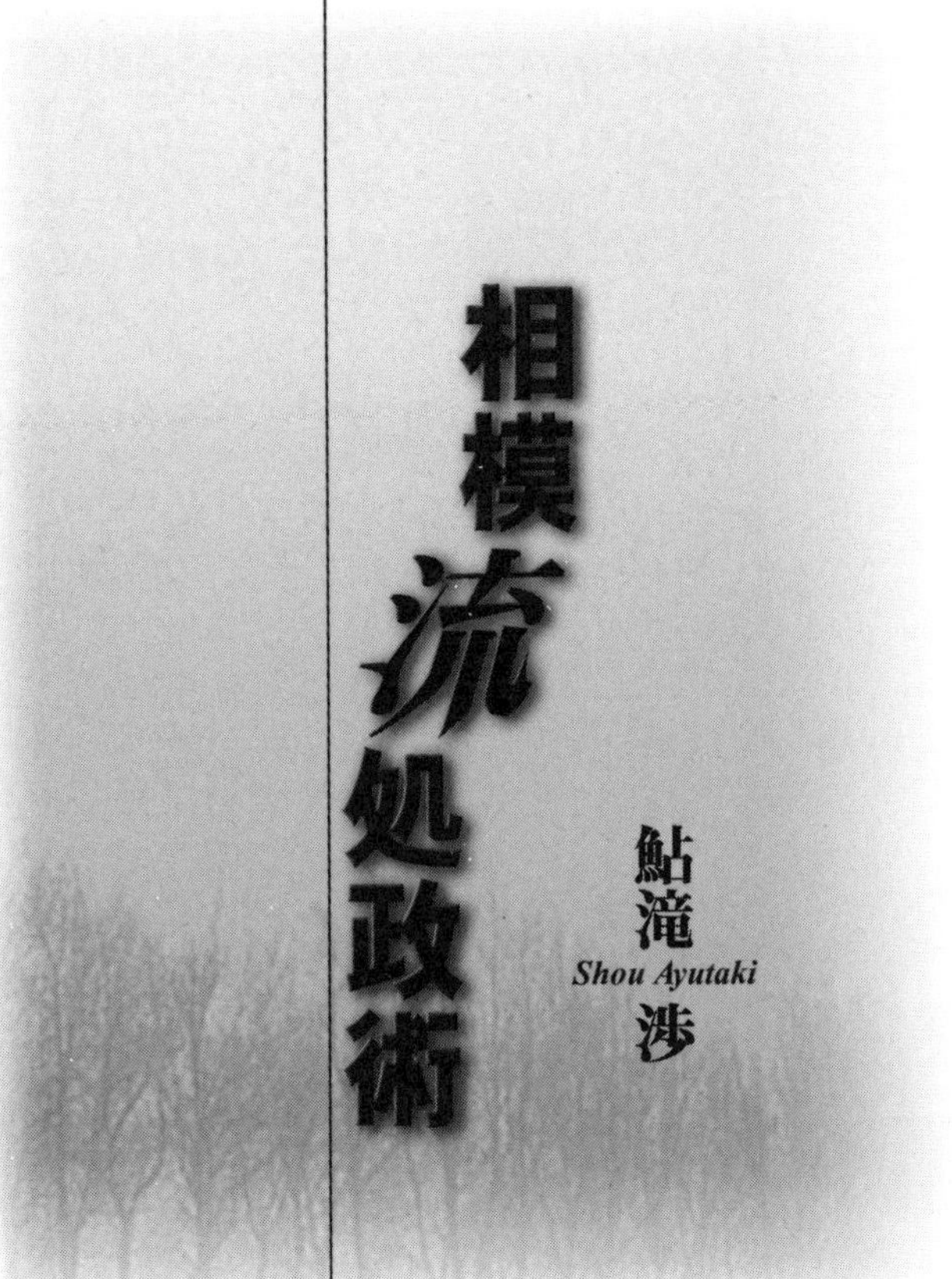

相模流処政術

鮎滝渉
Shou Ayutaki

文芸社

相模流処政術

あらすじ

西暦二〇八七年十一月十一日、大陸の東、大海の西に浮かぶ島国・和国において、和国防衛隊近畿管区隊が本国からの離脱を宣言した。この和国政府に対するアンチテーゼに、宗教家や政治家がそれぞれにその思惑を絡めていく。

一方、近畿管区内は畿州選出の衆議院議員・相模　晋。政界の貴公子という二つ名で称され、元畿州大学助教授という経歴を持つ彼も、民政党党主として、この故郷に巻き込まれていく。

戦火をも視野に入れようとする事態に直面した相模は、そして彼の教え子たちは、何を思い何を成すのか。

《主要登場人物》

・相模《さがみ》　晋《しん》……民政党党首
・本上《ほんがみ》　明《あきら》……相模の秘書
・秋月紗弥《あきづきさや》……自称、相模の約束の人
・椎名《しいな》　朗《あきら》……ＮＧＯ団体ミブロ、初代団長
・郭《カク》　明観《ミョングァン》……ＮＧＯ団体ミブロ　特士
・物部重久《もののべしげひさ》……防衛隊近畿管区隊、総監
・中村一寛《なかむらかずひろ》……防衛隊近畿管区隊、二等陸佐
・大槻秋房《おおつきあきふさ》……防衛隊近畿管区隊、二等海佐
・吉岡真人《よしおかまこと》……防衛隊近畿管区隊、一等陸尉
・倉田《くらた》　薫《かおる》……防衛隊近畿管区隊、一等空尉

・高敏《たかとし》……神祖教教祖
・藤原隆行《ふじわらたかゆき》……一〇八代内閣総理大臣
・竹内幸雄《たけうちゆきお》……一〇九代内閣総理大臣
・大東広重《だいとうひろしげ》……一〇六代内閣総理大臣
・門田治臣《かどたはるおみ》……災害対策特別委員会委員長
・吉田摩弥《よしだまや》……東京都在住、小学四年生

もくじ

序章　近畿の一頭

天井が高く闇の深い部屋に、一組の主人《しゅじん》と下僕《げぼく》がいる。主人が座す姿が、暗い部屋で灯りに照らされその中央に浮かんでいる。金糸の刺繍《ししゅう》によって飛翔する鳥達が描かれた純白の綿布《めんふ》、その一枚布をPlatonの様に身に纏《まと》っているのが分かる。その上に乗る艶《つや》のある男の顔は、部屋の雰囲気と相俟《あいま》って、神話か説話の世界の住人を思わせる。一方の下僕は、闇の中に薄く輪郭《りんかく》が確認できるだけで、詳しくは分からない。下僕に存する個性など、ここでは何の価値もないのである。

衣擦《きぬず》れの音が響く。主人がその身を動かしたのだ。

「クックックックック……。ハアッ！ハッハッハッハッハッハ！

時は、我を撰ばれた！」

主人の確信に満ちたその言葉に、闇の向こう側に控える下僕は垂れていた頭を更に深く下げた。真正面から受け止めるなど、畏怖《いふ》を知らぬ愚者の所業である。

昂《たかぶ》る主人の手元には、たった今、下僕が届けた一枚の紙片がある。そこには短く、

「近畿、立つ」

と、書いてある。ここ数日の間、主人が待ち続けていた報せであった。その待望がどれ程までに久しかったかは、「躁《そう》」とも当てるべき歓喜の程から推し量ることができた。

主人の昂揚《こうよう》を感じ取ってしまった下僕は、畏《おそ》れ多さの余り身を後ろへと下げた。それがために、主人から辛うじて判っていた自身の影の輪郭が、すっかり闇の中へと溶け込んでしまった。

と、突然に主人が立ち上がる。

下僕は身を硬くした。叱責《しっせき》されることを思ったのだ。専《もっぱ》ら主人の瞑想《めいそう》に使われるこの部屋において、下僕にはその身の置き方に細心の注意を払うことが要求される。主人の思索の障りにならないことと、自身の存在を消さないこととを両立させる必要があるのだ。唯々尊崇《そんすう》し申し上げるしかない主人の思索《しさく》を乱すことが万死《ばんし》に値するのは勿論《もちろん》であるが、その主人に虚空に向かって言葉を下させる様なことがあっては、二度と相対することなどできない。それは死を宣告されたのと同値である。

下僕は絶望的な未来に身を震わせたが、主人はそのまま前を通り過ぎて一言、

「来なさい」

と命じただけであった。自己の発した怖れに振り回された下僕が失念していたことだが、刻限は、主人による説示の時間に迫っていたのである。安堵するのと同時に慌てて、それでも静

かに、下僕は後に付いて歩いた。主人の前を行くことなど有り得ないことである。

主人が瞑想室の扉に達する前に、高い天井に見合うだけの背のある両開きの扉が静かに開いた。その歩みを僅《わず》かにも緩めることなく、主人は開け放たれた扉の間をくぐる。とそこは、十字になった廊下である。こちらには充分な灯りが入れられている。主従がくぐった扉の脇には、主人の後に付いて歩く下僕が着ている物よりもやや着古された、白い麻製の上下の服を着た者が二人、頭を垂れて控えていた。そこを、主人は一葉の揺らぎもせずに、下僕は幹から身を縮めつつ通り過ぎる。

廊下を真っ直ぐに歩いて行った先には、瞑想室の物と同じ大きさだが、しっかりと装飾の施された扉が見える。白木のそれには、アッシリアを起源とする忍冬唐草文様《にんどうからくさもんよう》が踊っている。こちらの扉の前にも白い麻製の服を着た二人の者等が控えており、主人の歩調に合わせて静かに扉を開いた。

『……』

扉が開くや否や、その向こうで声にならないざわめきが起こる。付いてきた下僕は、僅かに緊張した。

「これぐらいで身を硬くすることはありませんよ。我らは、これから全てを手に入れるのですから」

主人からの思いもよらない言葉に、下僕は、身を震わせて唯々頭を垂れた。その姿に一度だけ慈しむ様な眼差しを投げ掛けると、主人は、開かれた扉へと向き直った。

降り注いできた陽の光を浴び、神々しいまでの気を張った主《しゅ》が扉をくぐる。僕《しもべ》はそれに付き従う。

主が出たのは、舞踏会を開ける程の広間に張り出したテラスであった。今、その下は人々に埋め尽くされている。数は千強になるだろう。主の面前に立つ数十人だけは白い綿製の服を着ているが、その他の者等は同じ白でも麻製の服である。綿製の方は教授服、麻製の方は修行服とそれぞれに呼ばれ、その名に応じる身分に従って着ることを定められている。

主は一歩踏み出し、手摺りに手を掛けた。広間が、「しん」と静まる。

そしてそこへ、透き通る様な主の声が舞う。

「時は、気紛《きまぐ》れにその中心を作る。遠くには、周の武にマケドニアのアレクサンドロス。近くには、神武に厩戸《うまやど》。これは、永きにわたる歴史の真理である。

我が国は、この五十年もの間、あまりに深い停滞の中に埋もれてきた。この場にも、辛酸《しんさん》を嘗《な》めた者等が居よう…」

『……』

主の温かい御言葉に、広間のあちこちから啜《すす》り泣く声が聞こえてきた。

「…だが、それももう終わる。

今、時代は飛躍を望んでいる。飛躍への渇望は、我の望んだ通りに世界が動き始めたことによって、示されている。我は、神に連なる者としてそれに応えなければならない！」

そこで切られた主の御言葉に、広間の空気が張り詰めた。迷いも澱《よど》みもない澄み切った期待が、主へと向けられる。この主の御降誕から三十年の月日、唯ひたすらに信じて待ち続けた時が来たのだ。

主は、数瞬の間その緊張感を味わうと、再び口を開いた。

「ここに詔《しょう》する。

我、その先駆とならん！」

『おおおぉーーっ』

主の御言葉と共に、広間が歓声に包まれた。そして、その歓声は、いつしか彼彼女等の主の尊称を連呼する声へと変わった。

『御子《みこ》様』

『御子様、ばんざーい』

主が片手を挙げてそれに応えると、声は、さらに高まり広間を揺らさんばかりになる。主の後に控えていた僕は感涙にむせんだ。

しばらくの間、歓声を高まるに委せておいて、主は挙げていた手を下ろして鎮めた。どれ程までに感極まろうとも、主の挙措《きょそ》は僕等にとって第一のものである。そして、その絶対の不文律はこの時も守られた。

主は命じる。

「開拓者達よ、その任を果たせ！」

『はっ』

開拓者と呼ばれた者等が短く応じた。

(この国に、正統なる神の世を取り戻す。それが神に連なる我の役目)


西暦二〇八七年十一月二八日午後六時、畿州州都・京都市西京区。

正方形に設計された和国防衛隊近畿管区隊本部基地・本棟の中央、外壁よりもさらに厚い内壁によって外部から区切られた、生活感の欠片もない一室に人が集っていた。


「えー、当事件に関しましては、政府といたしましても。決して…、決して！長きにわたって許してはならないという一致した見解の下。鋭意《えいい》、解決への努力を…」

「武力制圧の準備がなされているとの情報がありますが？」

「とんでもない！

正義はもとより、人道を奉《ほう》じ、何よりも平和を愛する我が国といたしましては、武力に訴えるなどという解決は絶対にあってはならないと考えております。政府といたしましては、あくまで、交渉による平和的解決をせんと……」

「攻めてくる気はないみたいですね」

画面の向こうで続く内閣官房長官の定例会見から視線を外して、一人の青年が言った。上下をカーキー色で統一した服に身を包んだその青年は、襟元《えりもと》で黄色の一線に三ツ星という未だ輝きに軽薄さのある階級章を光らせている。

「まだ、半月だからな」

そう応じた声は、青年のそれよりずっと重く厚みがあり、そろそろ壮年と呼ばれる時期を終えようとしている男のそれであった。声の主もまた、青年と同じ服装をしている。但し、その襟元に渋みを増した色合で光る階級章は、銀地に四ツ星というものである。

青年の方は、姓を吉岡《よしおか》、名を真人《まこと》という身長はあるものの、細めの体付きは街中でもそう珍しくはないであろう。が、その職業は和国防衛隊の陸上防衛官であり、各種実技の成績は、その肉体が並外れてしなやかな強さを持っていることを示している。去年の人事で一等陸尉に昇った二七歳であり、幹部補佐役候補としての期待に対してその通りに応えている。

一方、壮年の男は、姓を物部《もののべ》、名を重久《しげひさ》という。中世の武将を思わせる骨太の身体に、見事な白髪白髭《はくはつはくし》に飾られた強面《こわもて》を乗せている。階上の階と呼ばれる防衛隊七総監の内の一人であり、近畿管区隊に配された陸・海・空三団の長である。いや、正確には「あった」と言うべきであろう。なぜなら近畿管区隊は、本国・和国からの離脱を宣言したのだから…。

和国。西方に大陸を臨み、大海に浮かぶ小さな島国である。地中海に神の子が降り立ったという年から二千と百年目が見え始めた頃。神が創り給うたと言われるこの島国では、騒動続きであった。

二〇八四年五月、国民の期待を一身に受けた民自党総裁を務める衆議院議員・大東広《だいとうひろ》重《しげ》が、第一〇六代内閣総理大臣に就任。大東内閣が発足した。大東は、就任前から大宰相との呼び声が高く、その実行力には定評があった。が、いま彼はその座にいない。八六年九月、彼の私設秘書が絡んだとされる収賄事件が発覚し、彼自身の関与も指摘されるに至った。この時点ではまだ嫌疑の段階であり、時によっては乗り切れたのかもしれない。しかし、好景気の恩恵を一通り受けた後にあって、政治に対して余裕のある監視が存在したこの時機においては、充分な致命性を有していた。大東内閣は、同年十一月に総辞職を強いられた。

その後に発足した五つの元野党勢力による大同団結内閣は、政権を奪ったことで力を使い果したのか、わずか四ヵ月で瓦解。

八七年四月。瓦解後に行なわれた総選挙で第一党の地位を確保した民自党は、民政及び公徳の二党との連立を組むことで絶対過半数を獲得。民自党総裁・藤原隆行《ふじわらたかゆき》の下に、藤原内閣を発足させた。政界は、半年近く続いた混乱から脱する見通しを立てたかに見えた。

同年九月九日、霊峰・富士の噴火を伴った伊豆大震災。死者三〇六七人。後《のち》に「東海の残り火」と言われることとなる震災に臨んでの藤原内閣の対応は、実に精彩《せいさい》を欠くものであった。予測されていなかったものでもあり、ある程度は止むを得なかったとも言える。しかし、和国は八十年前に東海大震災を経験しているのであり、整然とした対処を望むのは贅沢《ぜいたく》とは言えない。噴火から二週間後、善後策の検討をと召集された国会は、政府の対応に関して議論が紛糾《ふんきゅう》。それを予想してか、連立与党の一翼を担っていた公徳党は会期初日に連立からの脱退を表明。新たな方策の取りまとめもままならず、徒《いたずら》に会期を消費して閉会。十一月も下旬になってなお、被災地には、政府の裁量限度での対応しかなされていないという現状である。

こうして政界が、再々々編へと向かおうとする中で新たに起こったのが、『近畿管区隊、和国離脱宣言』という事件であった。

第一司令室と呼ばれるこの部屋は、下部にある収集と伝達のための情報室と上部にある総監と幕僚らのための会議室という、上下二段に分けられている。この上部を指して総監府と呼ぶこともある。

今その総監府には、物部、吉岡の他に二人の男が同席している。

「ようやくにして、手に入れあそばされた首相の椅子だからな。公徳の離脱で、いよいよ危うくなった今、そう簡単には動けないだろうよ」

そう発言したのは、二等陸佐・中村一寛《なかむらかずひろ》である。物部の右手の席に座るその姿は、着ている隊員平服が抽斗《ひきだし》から出したままであることを差し引いても、敬意というものから疎遠《そえん》な生き方をしていると思わざるを得ないだろう。「あそばす」と口にしておきながら、自他共に認める長過ぎる足をテーブルの上に投げ出しているのだから。

「わざわざ、動けない時機を狙ったのだ。そうでなくては困る」

中村の向かいに座るその者は、埋めがたい距離とそういったことを気にも止めない上官の心情とを憚《はばか》り、自身の前に投げ出された同僚の足の裏に一瞥《いちべつ》をくれるだけで許して、そう言った。二等海佐・大槻秋房《おおつきあきふさ》である。こちらが着る服には糊付けまできちんとされており、パリッとしている。

同期・同階級である二人の二佐は、互いに背格好も似ており、今などは服装までも同じ物である。が、その印象は、首を傾げたくなる程に違う。吉岡は「制服は個性を殺す」という意見に首肯きながら、積極的に制服撤廃運動などに参加したことはないものの、学生時代を過ごしてきたのだが、最近ではそれは嘘なのではないかと思っている。制服が個性を殺すのではなく、制服を着た本人が個性を殺すのだ、というのが彼の仮説である。この正反対の性格を持つ二人、些細《ささい》な喧嘩はしても、これで馬が合うらしい。去年の初秋、大槻は一足早く三十路《みそじ》を迎え、「肌の艶《つや》がなくなったんじゃないか？」「白髪《しらが》はまだか？」などと、顔を会わす度《たび》に中村から軽口を飛ばされていた。が、今年の晩春、何も言わずに中村の肩を叩いて彼を唸《うな》らせたのは、総監府の微笑ましい挿話《そうわ》である。

総監は最多で十人の幕僚《ばくりょう》を置くことが許されており、彼彼女等《かれかのじょら》を総じて総監府と呼ぶ。その麾下《きか》にある各長も、規模一二五〇〇名の師団で八人、規模七五〇〇名の旅団で六人、それぞれに幕僚を抱えてその指揮部を構成する。

人選は各長の自由である。そのため、晴れて指揮官の役になった者は、自身の昇進につれて幕僚を持ち上げていくことが多い。しばしば隊の急進化を懸念《けねん》する声が上がるのだが、「必要な人員をわざわざ気に食わない人間で固めるのは効率的でない」という多数意見によって、改革は見送られている。

ちなみに物部総監は、陸・海・空各団からそれぞれ二人ずつ、さらに将補と呼ばれる補佐官種における最上位の者を二人の計八人の幕僚を抱えている。大隊長時代からの持ち上がりである二人の将補が四五と四三、最年少の吉岡が二七歳、平均年齢三六歳。管区隊を統括する総監府としては、かなり若い方である。陰では「物部の雛贔屓《ひなびいき》」と揶揄《やゆ》されることもある人事だが、大多数である無位・下位の者等からは歓迎されている。

四人は、備え付けの大テーブルを囲んでいる。そのテーブルに設けられた席は、上座に一席、両側に四席ずつの計九席。吉岡らが見ていたのは下座側の壁、情報室と総監府をつなぐ短い階段を上がった左手、に取り付けられた大小七つのモニター画面の内の一つである。

「しかし…、『王』は、ここまでのことを考えていたのかねぇ？」

この場に居ない上役《うわやく》を『王』と呼んで、中村は吉岡を見やった。この中で最も『王』に近しい吉岡は、顎に指を当ててしばし考え込んだ。

（こいつがやると、嫌味に見えるな……）

との感想は口にせず、黙ってその答えを待った。

「……考えてはおられなかったと思います。あの方は、いつになるか分からない時を待つつもりでいるように、と言われました。そのため、各々に自分の後進を見付けて育てておくようにとも」

「随分と気の長い話だな……。ん？ということは、『王』にしてみれば、事態は早く進み過ぎているのか？」

そう聞いた中村は、今更のことながら、随分ととんでもないことに肩入れしている、自分の姿を俯瞰《ふかん》する妙な感覚に襲われた。勿論、そんな胸の内を表に出す様な可愛げのあることはしなかったが。

吉岡が答える。

「そうかもしれません。『あの方』が、国を崩すのにふさわしい時機として想定していたのは、政権争いの混乱といった人事《じんじ》の範囲にあるものの類であったと思います。前々代の首相の時の汚職事件では、新たに人材を得ることができたと聞きました」

「ほう……」

大槻が感嘆の声を上げる。どうやら、彼らの『王』は、人選の際の基準として汚職事件を利用したらしい。それも意図的に。しかし中村の方は、そちらには気を回さなかったらしく、「まあいくらなんでも、あの噴火は予想できないはな」と呟いただけであった。

現在、地震予測の技術はかなり進んでいると言って良いだろう。九十年程前、歴史を辿った結論として「そろそろ来るぞ」「今に、来るぞ」と言われ続けた、東海地方を震源とする大地震。これを予測することは、和国にとって死活問題であった。

和国の首都・東京に隣接する東海地方は、ただ首都に近いというだけでなく、主要な高速自動車道、鉄道幹線が隣り合って並走する地方でもある。そのため、この地方での大規模な震災は、東京と西部地方の主要都市との交通の分断を招き、流通、延《ひ》いては経済活動全般に致命的な損害を与えるのである。他の交通幹線が開くことができれば、事態はもう少し楽に考えられるのだろう。が、和国が乗る列島が、その内陸に背骨のように南北に走る高山地帯を持っているのだから、それは人事外の望みであった。そこで「せめて予測を」ということで、その研究が進められたのである。

東海大震災と名付けられたその地震は、八十年程前に起きている。その日時は、公式に政府が発表した予測からは僅か二時間の前というズレであった。が、予測者らが期待した程の評価は受けられなかった。震災の規模が桁外れであったからである。東海大震災は、人々にその非力さへの痛感と「あの震災を忘れるな」という極ありふれた言葉とを残していった。

先程まで内閣官房長官の会見を報じていた国営放送の画面では、復旧活動の続く被災地の映像を報じている。倒壊した建造物の瓦礫《がれき》の中に点在する更地や、既に足場を組まれ青いシートを被された建物は、持ち主がかなりの資産家であったところであろう。「取り掛かりの遅さを理由にして、手を打つことを封じられている」というのが、今回の富士噴火への対応に対する冷静な評価だろう。

「和国政府が動けないのは良いとして、我らの『王』も動かれないようだが。

まさか、臆されたのではなかろうな?」

「シュウ!」

中村が、大槻の言葉を切る。

「止めるなよ、イッカン。半月もの間政府が動けない時機に布告を命じられたのは良い。だが、半月もこちらを待たせるのは、いささか不審ではないか？」

「それは……」

事が人事の範囲にある以上、『あの方』がただ待っているはずはない、と吉岡は思っている。しかし、その力が及ばないことも存在する。他人の思惑や都合がからむ以上、それは拭いきれないリスクである。現に和国からの離脱を宣言するにあたって、この総監府の中でさえ、三等海佐と一等空尉との計二名の身柄を拘束せざるを得なかったのだ。

「『あの御仁《ごじん》』は、待つのが苦ではないのだろうな」

吉岡に助け船を出したのは、目の前に居る上司であった。

「『王』は、そうでしょう。でも、支持者の全てが、そうだという訳ではないでしょう？　もう少し、配慮があって然るべきではないですか」

物部は、静かに返す。

「配慮をすることで期を逸すればどうする？　今、儂《わし》らの動きは、幸いにも一部軍人による暴挙として見られている」

「暴挙……」

中世の武将を思わせる長から発せられた言葉に、吉岡は不服そうな、中村は愉快そうな、大槻は殊更に嫌そうな、と三者三様の表情を示した。

「そう。これは、暴挙だ。文民統制が浸透しているこの列島で、軍人が政権を提唱するのは政略的に悪手だ。現に、我らへ賛辞を述べた報道は一つもない。この列島は、民主主義によって治められている。迂遠《うえん》ではあっても、議会から民意をまとめて行くのが道理だ。当初が少数であっても、そこに『真』があれば、多を圧し逆転することもできよう。

さらに、この列島には七個の管区隊が存在し、現状の戦力比は一対七。大を以て小を討つという原則から外れている。すなわち、戦略的にも悪手だということだ。

……明らかに暴挙であろう?」

この場にいる者等にとっては分かり切っていることではあったが、改めて言葉にされると、何とも逃れようのない重圧を感じた。増してや、かつてこの列島で繰り広げられた戦国絵巻から飛び出してきた様なこの老将の言葉とあっては、管区中を探してみても、まともに反応ができる者などいないだろう。唯一人、不敵というものに身も心も捧げた男、中村一寛を除いては!

「となると、閣下は、最低の指揮官となるでしょうな」

「そうなるな」

会心の一撃を放ったつもりがあっさり受けられ、中村は不貞腐《ふてくさ》れた顔をする。そんな部下の姿を見て、物部は不肖の我が子を見るかのように目を細めた。この自分の方からは決して表《ひょう》敬《けい》を求めない老将は、若い部下等とのこういったやり取りが気に入っているのである。

吉岡は、目の前に座る自棄というものからは程遠く見える屈強な上司に、問わずにはいられなくなった。

「それが分かっておられるなら、何故、わ、……いえ、『あの方』の話を聞かれたのですか?」

老将は少し間を置くと、話し始めた。

「……儂が軍人になってから、もう三十二年になる。お前達が生まれる前からになるな。表向きは隊員と呼ばれ、軍人とは違う様に扱われてはきた。が、儂には、自分を職業軍人と思わなかった日はなかった。だから、十一年前の海外派兵も受け入れられた。もし、あそこで中共国の進軍を止められなければ、この列島の今はなかったろう。軍人として、あの派兵にはそれなりに自負があったのだが、列島の人間は率直に誉めはしなかった…」


二〇七六年八月二〇日。和国の西、海を挟んだ隣国である中華人民共和国（中共国）が、和国の南西に浮かぶ台湾へと攻め入った。中共国は、長年に渡って台湾を古来の自国の領域であると主張し続けており、それを果たさんがための進軍であった。

そこへ大海の向こうの国のアメリカ合衆国（米国）が、中共国の行動は民族自決の精神を武力によって踏みにじる行為である、との異を唱えて介入。米国と同盟関係にあり、自国の西端国境付近での武力衝突でもあったことから、和国も防衛隊による介入を行なった。

事態は直ぐに睨み合いの様相を呈し、中共国の進軍開始から半年の後、休戦協定が結ばれることとなった。

結局は大して戦火を交えることにはならなかった。実際、防衛隊は、現地に行ったというだけで、小銃の一発も撃っていない。しかし和国内の世論は、「結果論に過ぎない」「威嚇自体に問題がある」との非難を浴びせた。「台湾の自由を守った」という防衛隊員達の昂揚は、一瞬にして冷まされた。

その翌年、防衛隊員から例年の数を倍する、予備役申請、退役申請がなされたのは、報じられなかった事実である。


「あの時、手放しに賞賛したのは軍国主義者の生き残りか、極右過激派かのどちらかだった。ごく普通の人々の賛辞が一番に欲しかったのだがな……。

有事法から事後報告規定が消されたのだ。世の大多数の人間がどちらを向いておるのかは、目の前でどんなに褒めちぎられようとも、きちんと見極められていたつもりだ。そして、儂もいい加減うんざりしていた時に会ったのが、『あの御仁』だった」

そこまで話すと、老将は疲れたらしく吉岡にお茶を頼んだ。

五分後。吉岡は、ポットと茶器を一式持ってくると、四人分のお茶を用意した。彼が台湾人の友人から教わった、台湾式の入れ方である。

その間、二人の二佐は、ここまで饒舌《じょうぜつ》になる老将を珍らしく思い、大人しくしていた。

「ふむ。やはり旨いな」

「恐れ入ります」

物部は、二口目を口にすると、再び話し始めた。

「……『あの御仁』が他の連中と違っていたのは、武力に対する評価だった。『武力は破壊と殺戮《さつりく》をする刃《やいば》である。そして刃とは道具であって、道具以外の何物でもない。要は、それを使う者の問題であって、武力自体に正も邪もない』」

「『故に、武力を、徒に頼みにするのも、徒に忌避するのも愚である』」

「…そうだ」

「……申し訳ありません」

気が付いて、吉岡が頭を下げる。

「構わぬよ。そちらでは有名なようだな」

「はい。何処かで戦争や紛争がある度に、聞かされた言葉ですから」

そう言って居住まいを正すのを見届けると、物部は話を続けた。

「その後に、『あの御仁』はこう続けた。『台湾への派兵は、台湾の自由を守ったこと、最小限の武力行使に収めたこと、の二点において賛辞に値する。しかし、中共国を進軍以前に公の席に引《ひ》き摺《ず》り出せなかったこと、休戦にとどまり最終決着にまで至らなかったこと、の二つの汚点がある。だが、これら汚点の方は衝突前後における文官の仕事であって、武官である、あなたは気に止めておく程度で良いでしょう』と。

『あの御仁』は、武力を道具として突き放して見ておるのだろうな。そして、それをわざわざ、武官である儂に面と向かって言いおった。その時に思ったのだ。将来に政治の表舞台に出てくるならば、この身を委《ゆだ》ねても良いかも知れぬ、とな」

そこへ、大槻が食い付く。

「どこまで委ねて良いのでしょうか？　委ねたがために、我らの行動が、単なる暴発に終わることだって考えられます」

「お前は、よほど信用しとらぬようだな」

物部が苦笑しながら言う。

「自分は、総監や吉岡一尉のように、直《じか》にお会いしたことがあるわけではありませんから」

「妬《や》いてるのか？　みっともないぞ」

と、中村が茶々を入れる。どうやら、黙っているのに耐えられなくなったらしい。しかし出来も間も悪かったらしく、大槻の一睨みで、哀れ露と消えた。

「少なくとも、無駄にする気はないだろうよ」

「無駄になることはあるでしょう？」

「はっはっは…。簡単にはならぬだろうよ。今、最も乱を望んでいるのは『あの御仁』だろうからな。

……乱世は、『あの御仁』に力を与える」

近畿管区隊本部基地・二号棟地下一階。そこには、通称「貴賓室《きひん》」と呼ばれる格子のはめられた部屋がある。

近畿管区隊総監府付一等空尉・倉田《くらた》薫《かおる》は、この体の良い軟禁室にいた。ベッドの上に預けられたサラサラとした短い髪の脇には、差し入れてもらいはしたものの、大して読み進むことのなかったミステリー小説が伏せてある。今感じている無力感は、架空世界では癒し得なかったのだ。

(何もできなかった……)

二週間前の早朝。彼女は、数人の女性隊員の手によってここへ連れ込まれてきた。近畿管区隊の離脱宣言は、この部屋のスピーカーで聞いた。

こうなった原因を、彼女は自分の油断だと思っている。しかし、外から見ることができたなら、それが事態に対する相手との温度差であることに気が付けたことだろう。

(この国は、戦場になるかもしれない)

無個性な天井を仰ぐ。あれから何度、この天井に向かって嘆いたことだろう。

（先生。私は、どうすれば良いでしょうか？　何だか、押し潰されてしまいそうです……）

倉田は、自分で自身の肩を抱いた。

第一章　東京の一頭

近畿管区隊本部基地から東へ五〇〇キロメートル行くと、和国首都・東京都に当たる。首都圏と呼ばれる部分で人口五〇〇万人、地名としての東京であれば八〇〇万人程の規模を誇る大都市である。今や、航空機や船舶といった大量輸送を可能にする航行網と光速かつ大容量の情報通信網とが地球上に張り巡らされており、世界の諸国及び諸地域は、その空間的距離というものを隔絶から間隔の地位にまで引きずり下ろしていた。無論、東京もその例外ではなく、他の諸外国の都市と同様に、様々な色の肌、髪、瞳を持った人々がここに集まっていた。

現在の東京は、噴火の衝撃からは落ち着きを取り戻し、一日の内の二十時間程を休むことなく働いている。絶え間なく降り続ける富士の灰が、人と物の流れを妨げ、修繕した側《そば》から情報網を傷付けるため、四時間の休止は欠かせないのだ。かつての不夜城と呼ばれた姿は、郷愁の対象となろうとしていた。しかしそう思うのは、永田町や霞が関に働く者や、暮らしを離れた思索に耽《ふけ》る暇のある者、あるいは東京自身ぐらいであるのかもしれない。なぜならごく普通の都民にとっては、そんな矜持《きょうじ》などよりも、噴火以前の熾烈《しれつ》さに悲惨さが加わったラッシュアワーを如何にして乗り切るかの方が、より現実的かつ重大な問題なのであるから。

そんな東京の一画、新宿区にある3LDK、2・5LDKと言う方が合っているとも噂される、マンションの夕食の席。ここでも、近畿管区隊総監府と同じ、内閣官房長官による記者会見が見られていた。

「まだ片付かないんだな」

と、父が口をモゴモゴさせながら言う。

「口に物を入れたまましゃべらないでって、いつも言ってるでしょ。摩弥の教育上、良くないの。それと、少し黙ってて」

「へいへい」

「返事は一回。それに『はい』でしょ」

「……はい」

となりに座る母にきつく言われると、父は、へそを曲げたのか、もくもくと目の前に並べられた皿にハシを伸ばしていった。

そんな両親のやり取りを見ながら、わたし、吉田摩弥《よしだまや》、は思った。

(目の前でされたってマネなんかしない。もう十才なんだから)

この半年くらい、うちの夕食は、国営放送のニュース番組を見ながらのものになっている。その訳は、母に相模　晋というお気に入りの政治家がいるからだ。三六才で文部科学大臣にバッテキされた人で、うちの母だけでなく、小母様達の間でとても人気がある。

わたしにとっては、学校のジュギョウ時間を増やすとか言っていて、すごく迷惑な人だ。が、母は、そんな娘の思いに気付きもせず、

「あなたも、いっぱい勉強して晋様のような立派な人になるんですよ」

というのが、最近の決まり文句になっている。母より少し上ぐらいの年で大臣というのだから、立派なんだろうとは思う。けどやっぱり、勉強しろと言う人は好きになれないのが、ゲンエキ小学生の素直な気持ちだ。でもそこで何か言うと、十倍くらい言い返される上にキゲンが悪くなるので、

「はい」

とだけ答えておくのが、いつものお約束。

(大変だな、子どもって)

同日午後七時、東京都千代田区永田町。

和国の行政及び立法の中枢を担うこの町にあって、周囲から区切る様にして造られた森の中

に、内閣総理大臣の住まいである首相官邸がある。

ここに住まう住人は、少なくとも東京にいる誰よりも快適な暮らしをしているはずである。が、今その住人の苦悩は、他の誰よりも深いようである。

「どうしてこうなるのだ！」

第一〇八代和国内閣総理大臣・藤原隆行は、私室に入ってくるなり怒鳴った。余程力を込めたのであろう。顔が真っ赤である。

若かりし頃は名家の御曹子《おんぞうし》然としていた容貌も、今では、すっかり小父ちゃんになってしまった。白のシャツに灰色のスーツを着、茜色のネクタイをしたその姿は、メディアを通して知られていなければ、街中を平気で歩けてしまいそうである。但しそこには愛敬《あいきょう》があり、同年代の同僚に比べて幾分の得をしている。

警護の充実とプライバシーの確保という両者からの要請が一致した結果、この部屋の壁は規格外の厚みを持っており、扉も六センチもの厚みを有する樫の木製である。この高い防御力と遮音性を有した部屋が、意外な形で首相の椅子を手にしてしまった藤原の、数少ないストレス発散の場となるのは必然であった。

「お身体に障りますよ」

来客用のテーブルいっぱいに資料を広げた男が、藤原にやさしい声をかけた。

白のシャツと黒のスーツに身を包み、樺色のネクタイで飾った彼が政界の貴公子・相模《さがみ》　晋《しん》である。顔の作りはどう見ても二〇代であるが、実年齢は三五である。顔が若いとはいえこの歳で貴公子もないだろうが、国会議員となるには衆議院で二五、参議院で三〇歳以上でなければならず、政界では若手である。一年と二ヵ月前に保守系最大政党の民自党から離党し、中《ちゅう》道《どう》系政党の民政党を結成。今はその民政党の若き党首である。

「おお、相模君か……」

声の主を確認するや否や、藤原は、一瞬前とは打って変わった笑顔を見せた。互いに一政党の党首にあるとはいえ、片や還暦間近の老練政治家、片や新進気鋭の若輩政治家という二人である。ジェネレーション・ギャップも当然のことながら存在し、決して少なくない禍根《かこん》を残してきている。が藤原は、その様なことはおくびにも出さず、相模の向かい側のソファーへと一時期に比べて少々重みの減った腰を預けた。

「御用がお有りだと伺いましたが」

そう口にしつつ、手際良く資料をまとめていく。どうやら、彼が大臣を務める文部科学省の物であるらしい。

民政党は、衆議院議席数が十二、参議院議席数三という少数政党ではある。が、衆議院での過半数獲得にあと七議席足りないという時に連立に加わった、藤原内閣にとって恩義のある政党である。しかもその党首は、「党内の調整が大変でしょう」と、閣僚人事には一切口を挟まなかったのだ。そんな若党首に藤原が用意したのは、教育・文化及び科学技術を受け持つ文部科学大臣の席であった。相模の元大学助教授、と言っても在任期間はわずか二年でしかなかったのだが、という経歴を考慮して、総務、財務、国土交通、農林水産を他派閥との交渉に回すことで確保した席である。相模はこれを快諾《かいだく》した。

その藤原内閣発足から七ヵ月。民政党は、公徳党が離れ過半数を維持できなくなった現政権に残り、支え続けてくれている。民自党内では、もう次の党総裁の話題が持ち上がっているというのに。故に藤原は、この未だ四十にも届かない党首を当てにしていた。

資料を脇へ置くと、義理堅い民政党党首は、自分の親よりも年長になる首相に身体を正した。

「どうして、こうなるのだ？」

「は？」

首相の予想を超えて漠然とした問いに、若党首は、礼節で覆うことに気を回せないままに応じてしまった。首相は、自己の中でしか言葉になっていないものへの理解を押し付けたことを棚に上げて、反応の鈍さを苛立《いらだ》たしく思いながらも言い直した。

「どうして、近畿管区隊の反乱などという事が起こるのかと聞いているのだ」

どうやら、記者等からしつこくコメントを求められたらしい。言い直された後にそう察すると、若党首は、やや突き放すような口調で返す。

「幾つか披露して差し上げることは可能ですが、何なら全部そう致しましょうか？　私は、耳当たりの良いものだけにとどめるつもりはありませんよ」

相模にも、一対十七という大きさの違いがあるとはいえ、同じ一政党の党首であるという意地と誇りがある。実際に、今までそう接してきたのだ。そして、そのことへの注意を促すかのように相手を正視する。

「うっ……」

相模の視線は藤原の舌を凍らせた。なまじ美貌に秀でているだけに、その凄みは凄惨にまで高まる。

巷でアイドル政治家と評される相模である。彼が投げ掛ける視線は、時が時なら、世の小母様達を卒倒させる程に夢見心地にさせることだろう。その清らかな美しさは、異性愛者である藤原でさえ見惚《みと》れることがあるものであり、女が男に感じる魅力というより、人類が普遍的に感じる美に近いのだろう。大分に西洋贔屓の感想ではあろうが、絵にするなら日本画より西洋画、彫刻なら木像より石像が相応しいものである。

しかし藤原は知っていた、目の前の美貌が愛玩《あいがん》の対象ではないことを。今の藤原政権にとって、民政党の存在価値は政権発足時よりもずっと高いものとなっている。最初の内は口うるさいとも思った。が、少数精鋭というものを絵に描いたような民政党の、ともすれば藤原に対して協力的でなくなる民自党を制する上で、口出しは効果的なものであった。現時点でそれを失うことは、藤原内閣の最後の美点を失うことであり、それは政権維持の断念に直結する。目の前の美貌は、民政党党首としての確かな政治力を有している。

民自党総裁は、幾らか頭が冷えたこともあり、最初に礼儀を失した側として折れた。

「……いや、それには及ばない。すまなかった。気が立っていたらしい」

と総裁は詫び、話に区切りを付ける意思表示をした。こういった引き際の良さが、このきな臭さの薄い男をして、有力政治家と成らしめているのかもしれない。

「いえ、お気になさらないでください」

若党首の方でも、そう簡単に応えるに止めて、意を汲《く》んだことを示した。

相模が口にしようとした答えは、藤原にも察しがついたものであったが、自分では言葉にしたくないものであった。故にここ一、二週間は、前もって受け取っていた、少なくとも予測できていた質問以外には応じずに来ていた。だからこそ、何とか言質《げんち》を取ろうと記者等が付き纏《まと》っているのではあるが。

「まあ、それはそれとしてだ。君も知っての通り、我が政権は……、いささか窮地《きゅうち》に立たされている」

相模には「いささか」とは思えないのだが、黙って聞くことにした。

「世論の風向きが悪い。それを追い風にして、野党も息巻いている。それに……、それにだ……」

「御党内も、水面下が騒がしいようですね」

出過ぎとも思ったが、若党首は先に回って声にした。かつて民自党にいた彼の情報網には、既に多くの情報が掛かっていた。総裁は、それを、若党首の気遣いと、好意的に受け取って話を続ける。

「そうなのだ！　私では都合が悪いと踏んだ途端にこれだ。我が党のことながら、これ程までに早々と動き出すとは、情けない。

……君には、申し訳ないと思っている」

若党首の目に、総裁の薄くなった頭頂が映る。

「頭を上げてください。私は、自分に相応しいと思える行動をしているだけですから」

「そうか。……そうだったな」

総裁は、深いため息をつく。実に寂しく、疲れた吐息である。

相模は自分の選択を、美徳と呼び得ても、決して賢明ではないものだと見ている。一党を率いる身としては落第点《らくだい》の選択だろう。しかし党の仲間がこうすることを認めてくれるため、それに甘えているのである。相模の現状は、自分の美意識とそれを許容してくれる仲間に恵まれていることとによって、成り立っているのである。

それだからであろうか。相模には、他の国会議員らの動きを責める気持ちが、いまいち生まれてこないでいる。むしろ、当然のものだろうとさえ思っている。

議員になるということは、議員という職業に就職することに等しい。立候補者は、当選することによって初めて、名誉という飾りの付いた当面の仕事と報酬とを約束されるのである。そして、その当選への道のりが何とも遠い。選挙を戦うには、立候補する時点で三〇〇万円（円は、和国での通貨単位。約二〇〇万円で新車の自動車が買える）分の国債証書を供託しなければならず、即席の選挙事務所を開いて一〇〇万～二〇〇万円、さらに選挙活動に必要になる人員の人件費に事務所維持費等々の諸経費を重ねると、普通で一千万円の資金が必要になる。このことは、立候補者にそれができるだけの資力、活力、見識を要求しているのだという評価もできる。が、一生活者である有権者にここまでの負担を強いているとも言える。だからこそ、当選速報での、あの悲喜交々《ひきこもごも》が見られるのではないか。その名誉に殉じるか、ビジネスに徹するかは、議員たちの自由であろう。

しばらくの沈黙の後、藤原は、おもむろに口を開いた。

「時に、君は、どうして私に手を貸そうと思ったのだ？　私が、第三位派閥の頭でしかないことは、当然、知っていたろう。思慮深い君のことだ、こういう事態も考えていたのではないか？」

「私は、予言者ではありません。今の状況は予測の範囲外です。富士の噴火も、地震研や気象庁が上げてきた程度の可能性だろうと認識していました。でなければ、サミットは他でやっていただくよう進言したでしょう。相手は、天災なのですから…」

「天災…」

藤原の表情が暗くなるのが分かったが、相模は、これは予想していたので、軽く流そうと話を続ける。

「…私が連立を申し出たのは、藤原先生なら、私をきちんと買ってくださると思ったからです。大東先生では、『小賢しいひよっこ』と耳も貸してくださらない」

「なるほど…」

藤原は苦笑した。経験を第一とする名に似合わずに小柄な老政治家が、若手議員等を、叱咤《しった》激励の名の下に、怒鳴り散らす姿を思い出したのだ。

第一〇六代内閣総理大臣を務めた大東広重という政治家は、首相に登りつめる程に言うことはもっともで筋が通っている。国を憂《うれ》えるという点においても、黒い噂は少なくなかったが、人一倍であったと言えるだろう。だが、外国への訪問もお馴染《なじ》みの紋付袴でやり通し、相手が米国人だろうとフランス人だろうと構うことなく和国語でまくしたてるその様は、しばしば周りを辟易《へきえき》とさせた。

「しかしせっかくの期待だが、使い切ってやれそうにないな。ここまで来たというのに。……もう、長くないかもしれん」

首相は、両膝の上にそれぞれ肘をつき、組んだ手に額を当てて屈み込んだ。

藤原隆行という政治家において、悪い点とは運だけであるのかもしれない。首相へと昇ったその政界での活動は、誰かを蹴落としてきたというものではなく、地道に功績を積み上げてきたというものであった。不器用な奴だと見下されることがあったとしても、後ろ指を指されることはなかったはずだ。だが天は無情にも、彼の在任五ヵ月目に、富士の噴火をもたらした。彼が一般国民であったならば、まさに運が悪かったで済ませられたことであったろう。しかし、彼は和国内閣総理大臣の地位にあり、国民はその地位に見合うだけの対応を迫ったのだが……。

それを今尚支え続けている相模　晋。これは、完全に機を逸したものと言って良いだろう。普通に考えれば、公徳党がそうした様に、とっとと去っておくべきであったのだ。そうすれば藤原内閣は無事に倒れ、新内閣の樹立を以て事態は収拾されていたのである。今の状況で問題として残っているのは、引き際ぐらいのものであろう……。

そんなことを考えつつ、相模は、ふと頭の中に民自党内の勢力地図を広げた。

（おそらく、次を制するのは竹内の頭《かしら》だろう。御自身で立たれるか……。いや、あの御仁なら、キングメーカーを選ばれるかな）

竹内幸雄《たけうちゆきお》。旧大東派のナンバー2であり、今は同派を継いで、竹内派を名乗る党内派閥の頭となっている。現在、永田町における最大勢力を率いている人物である。大東の印象が印象なだけに、これまではなかなか表舞台へ出てこない人物であったのだが、裏ではきちんと仕事をしてきたらしく、古参の政治家の多い旧大東派をほぼ掌握したという。

「首相になって、もう半年も経つというのに。私は、何も出来ていない。何もしていないのだ！」

そう言った藤原は、頭を抱え、肩を震わせていた。悲痛な叫びであった。目の前にいる政治家は、政界で一番の権力を手にしたのに、思い通りのことを出来なかったのだ。

「……」

政治家としてまだ若過ぎる党首には、掛けるべき言葉が思い浮かばなかった。

と、突然、首相は頭を上げた。

「何か、打開策はないだろうか？」

どうやら、第一〇八代内閣総理大臣は、まだ闘う気でいるらしい。見る者によっては、それはただの悪あがきであるのかもしれない。しかし、信念に生きるというのは、案外こういったものであるのかもしれない。

その姿に、文科相は浮かぶままに言葉を紡ぐ。

「政権を維持するなら、議席数において過半数を確保しておくというのが常套《じょうとう》です。しかし、民意の薄い現政権では至難《しなん》の業《わざ》。公徳党が離れたのも、それを感じ取ったからだでしょう」

「君も同意見かね？」

「概《おおむ》ねは…。

しかし、今は、引き際として良ろしくないと思っています。支持率が低くとも、もう少し保っていてもらいたいところです」

「延命して持ち直すかね？」

「分かりません。政党がカテゴリーと化し、浮動票が溢れる中では、民意がどう動くか、とてもではありませんが予測し切れません」

「そうか」

首相は肩を落としたが、文科相は続けた。

「兎《と》に角《かく》、現政権への支持率を持ち直す必要があります。

方法は二つ、こちらが名を上げるか、あちらの名を落とすか。前者には画期的な法案が通せると良いのですが、今の時期は前政権の見直しを終えたばかり。どの省庁でも、ようやく新案件の検討を始めたというところでしょう。私の手持ちも検討中の物ばかりです。部署によっては、状況が状況なだけに、決定や成立が危うくなることを惧《おそ》れて検討を遅らせているところもあるでしょう」

「前者は、望み薄《うす》か？」

「羽交い締めにでもして、無理矢理に吐かせれば別でしょうが…」

「羽交い締め」と聞いて、首相が眉を顰《ひそ》める。

「好みではないな。それで潰されても哀れだ」

「そうなると、取り得るのは後者です。が、私が持っている情報は、むしろ政権与党としての民自党を苦しめるものでしょう。九十年程前の首相のように、反主流を前面に押し出してきていれば使えるのですが…」

「他には？」

「そうですね……。内閣改造で竹内幸雄氏を引き込み、民自挙党体制を作るという手もあります。ただこれは、竹内氏本人が容れるかどうかが怪しい。もし容れたとしても、故意に足を引っ張り、いよいよ窮地に追い込まれるという可能性もあります」

「打診する価値はあろう。竹内も、ボロボロの与党を握っては仕方があるまい」

「今、私が思い付くのはこのぐらいでしょうか」

「そうか……」

それを受けた首相は、考えを自己の内へと向け始めた。但し今度は、一国の元首らしい気位のある面持ちをしている。

相模が首相私室を退出したのは、それから間もなくのことであった。


同日午後九時三十分。首相官邸から徒歩で十分ほど離れたところに広がる官庁街。文部科学省と掲げられた建物の地上二階に、その担当大臣の執務室がある。

古めかしい廊下に面する良く磨かれた扉の前に、真新しい黒のスーツに萌葱《もえぎ》色のシャツという姿の文部科学大臣第三秘書官、本上《ほんがみ》　明《あきら》がやって来ていた。未だ学生の風《かぜ》を纏《まと》う二十代後半の青年は、永田町ではひよっこ扱いどころか、相手にされない憂き目に合うこともしばしばであった。が、学生時代から買ってくれている気ままな恩師のために、今日も尽力していた。彼の手には、二人分の珈琲とサンドイッチとを載せた盆が乗っていた。自分と部屋の中の人物との夜食にと用意した物である。文部科学大臣・相模　晋は、首相官邸から帰ってくると仕事を始めたのだ。

本上は、ノックをしようと空いている方の手を延ばしかけて、思わずため息をついた。きちんと閉められた扉の向こうから微かに漏れ聞こえる音楽が、彼の記憶を刺激したのである。

Verdi 作曲「REQUIEM」。

（……当て付けかな？）

本上は、形ばかりのノックをすると扉を開けた。

紫の和装に浅葱《あさぎ》の綿入れを羽織った主人は、執務用にと運び込まれた楢の机にはおらず、その前に置かれた応接用の広いテーブルの方にいた。皮張りのソファーに挟まれたそのテーブルいっぱいに資料を広げ、膝に置いたノート型の情報端末を叩いている。

その彼の背後で流れる曲は、第二楽章「Dies irae」の最後「Lacrimosa」と名付けられた部分へ入っていた。メゾソプラノの独唱によって歌い出された主題が、バスの独唱へと受け継がれていく。

Lacrimosa dies illa,
Qua resurget ex favilla

Judicandus homo reus.

Huic ergo parce, Deus:
Pie Jesu Domine,
Dona eis requiem. Amen.

(罪ある者が裁かれるために
塵から蘇るその日こそ
涙の日

願わくば主よ　彼らを哀れみ給え
主よ　やさしきイエスよ
全ての者に安らぎを与え給え　アーメン)

「少し休みませんか？」

秘書官は声を掛けた。香りで気付いたのだろう。主人は「ああ」とだけ応えると、目は端末から離すことなく、年代物の楢の机を指差した。本来はこちらが使われているべきなのだが、この大臣は、その真新しくも仰々しい作りが気に入らず、めったに使わない。いつものことなので、秘書官は、国政のために使われる日を待ち焦がれているであろう机の上に、夜食を広げた。

五分程して区切りを付けると、主人は曲を Mozart 作曲の「Eine kleine Nachtmusik」に代えた。さすがに、食事中に鎮魂曲を聴く気にはならなかったらしい。そのまま机までやって来ると、流れる様にその上に腰掛けた。起きた風に乗った石鹸の香りが、秘書官の鼻をくすぐる。主人は、しばしば贅沢過ぎると言われる、庁舎の機能を十二分に活用していた。

(もう少し、気を付けてくださっても良いのに……)

と、衆議院議員の私設第一秘書から文科相第三秘書官へと肩書きの変わった、本上は思う。机に座ることである。しかし、当の本人が一向に頓着しないので諦めてしまっていた。机殿の不遇は続きそうである。

机の上に座っていることには目をつむることに決めると、本上は、相模に気になっていることを聞いた。

「まだ、お支えになるのですか?」

「んぐ?」

……間が悪かった。ちょうど、サンドイッチを口にしたところであったのだ。しかし、間の悪さはこちらに非があるとはいえ、子どもみたいにこちらを見つめるのは、教え子としてはやめてもらいたいものである。

「どうぞ、先に食べてください」

教え子の許しを受けて、師はようやく口の中の物を珈琲で流し込んだ。

「不満か?」

「はい。予想外の事態に直面したとはいえ、あの様な判断をする方に何時までも付かれているのは、得策ではないと思います」

「確かに、得策ではないな」

「分かっておいでなら…」

本上が口を開くのを手で制すると、相模は話し出す。

「お前は、総理のあの時の判断が気に食わないのだな」

相模の言葉に、本上は頷いた。

「うん。……まあ、確かに最善でもないし、次善にも足りないものだろう。だが、別に訳が分からないものでもないのだよ」

「そうでしょうか?」

「総理に、内側の味方がいるか?」

現内閣総理大臣・藤原隆行は、民自党において第三位の勢力を持つ派閥の頭である。三位というと聞こえは良いが、大きさは全体の六分の一でしかない。同じ民自党から出た先々代の首相・大東広重が、第一位にして党内の半数を握る大派閥の頭であったのと比べるとかなり見劣りする。表に出られない大東派が、犬猿の仲である第二位派閥・加藤派を牽制《けんせい》したために出来上がった事態なのだ。が、藤原にしてみれば堪らない。政治家になった以上、首相の椅子を望むことには切なるものがあったし、手にできたならやってやりたいこともあった。

しかし、現実に手に入れてみれば……。

「……少々、心許ないようですね」

「中継ぎ。それが藤原内閣の役割だよ」

相模の露骨な表現に驚き、本上は辺りを見回した。

その様子を見て、相模は無責任に笑う。

「はっはっは……。こんな時間に残っている物好きはいないだろうよ」

「………」

主人が気にし無さすぎるがための反応なのだが、自分の手で盗聴への警戒までし終えている上では、敏感過ぎるものであったかもしれない。

「…で、だ。

去年、期待された大東の翁は、最悪の形で政界の表舞台から降りた。そのせいで、民自党主流派の威光は失墜。だが、その代わりに鳴《な》り物《もの》入りで登場した大同団結内閣も、あっという間に空中分解。まあ大同団結などという手法に間違いがあったんだが……、そのお陰で、民自党以外の選択肢も消えた。

そこで、民自党の主流派は嬉々としてこう考える。ここでもう一つの選択肢、つまり民自党非主流派が落ちてくれれば…」

「それで、藤原内閣」

「そういうこと。

人事で揉《も》めた割りには、民自の新巨頭・竹内の頭御自身は閣僚に入っていない。党三役にも就かなかった。就いたのは、大東の翁《おきな》の盟友か、竹内の頭の子分だ。

藤原内閣が倒れても自分が傷つくことはなく、しかも、閣僚経験という箔のついた子分等を手に入れることができる」

「うーん……」

相模 晋という政治家を信じて付いている本上としては、あまり面白い結末ではない。

「…買い被りということはないでしょうか？」

「ないな」

相模は、あっさりと否定した。

「竹内の頭は老練だぞ。この若造が考え付く程度のことだ。それ位は考えているさ。

……だから、総理は外に味方を求めるしかなかったのだよ。諸外国からの信頼を背景に、内側からの支持を求める」

「総理の意図は分かりました。……それでもやはり、あれは納得しかねます」

九月九日午前八時〇七分。サミットの開かれていた筑波でも体感できる程度の揺れがあった。朝の会食を終えた元首達は、菊の節句とも呼ばれる重陽《ちょうよう》の節句に当たるこの日のためにと、用意された菊の花を観賞しつつ、生命環境の向上を主題としたサミットの最終期日を楽しんでいたところであった。その場での反応は、地震に不慣れな者らもいたが、和国での地震の多さがよく知られていたためか、一時《いっとき》の話の種に過ぎなかった。

藤原に噴火に関する一報が届いたのは、八時十五分であった。慌てふためいて上司の下へやって来た第一秘書官・鈴木健次《すずきけんじ》がもたらした報告は、藤原を凍らせた。「伊豆で震度七の地震発生。富士の噴火を伴い相当被害が出た模様。現在、官邸との連絡不能」。噴火の情報自体、TVの速報から得たものだと言う。

この時、藤原が真っ先に思い至ったのは、元首達が和国国内に足止めされることであった。和国が世界経済に果たす役割の重さは前日の会談でも確認されたことであり、その影響は間違いなく世界に波及する。各国ともその対応が必要なはずである。しかし富士の噴火となれば、その灰や礫《れき》の規模は相当なものになり、成田、羽田両空港は元首達を送り出す空港としては使えない。そこで藤原は自ら指揮を執って東北幹線鉄道に専用列車を用意させると、それに自らも乗って陸前州の仙台空港へ向かい、元首達をそれぞれの母国へと送り出した。

藤原が首都・東京に戻ったのは九月十二日、噴火から三日後のことであった。

「……あの時、総理は手配の道筋だけ付ければ良かったのだよ。元首達は、それぞれにトラブル処理の専門家を連れていた。特に米国は、和国国内に駐留軍を持っている。放っておくのはまずいが、まずは自国の民をどうするか考えるべきだった。それが総理大臣の責務であり、得るべき支持を得るための最善策なのだからね」

相模は、国内に米国軍隊が駐留していることを、常日頃いまいましく思っている。しかし、先人達が約してしまったものであるために、後世を生きる自分には簡単に手が出せない。

「他の元首達も、そう思っていたのではないでしょうか？」

「米国大統領なんかはそう明言しているね。でも、大使館を通して、内々に謝辞を言ってきている元首もいるのだよ。お陰で、本国で打っておくべき手を早々に打てたと」

そう言うと、相模は、すっかりぬるくなってしまった珈琲を一気に飲み干した。

「感謝はするでしょう。そうでなければ、真に無駄です。しかし、その程度のために奔走する前に、まずはやはり国内の収拾に努めるべきでしょう？」

「まあね……」

午前八時〇六分、いつものように文部科学省に泊まり込んでいた相模は、執務室のソファーから跳ね起きた。畏怖《いふ》を伴う揺れを体感したのだ。国土交通省から「伊豆に震度七の地震発生。富士噴火を誘発」との情報を得たのは、午前八時一〇分であった。

午前八時十八分。流れの止まった自動車の群れを尻目に、相模が自転車で首相官邸へ駆け付けると、職員等は恐慌寸前であった。首相との連絡が取れないのだと言う。閣僚で一番乗りとなった相模は、まずは情報を集積する態勢を整えるよう命じた。現状は目と耳を塞がれたも同然であったからだ。が、そのことによってとんでもない事態が明らかになってきた。官邸にある、あらゆる情報回線が不通になっていたのである。それも厄介なことに、物理的な断絶ではないらしいのだ。二十分後。未だ到着しない内閣官房長官を諦めると、相模は、既に到着してた防衛大臣・浅岡克巳《あさおかかつみ》と防衛隊の配備の段取りを話し始めた。

午前九時〇〇分。内閣官房長官・佐藤弘治《さとうこうじ》と災害対策特別委員会委員長・門田治臣《かどたはるおみ》が前後して到着。しかしこの時に職員等が抱いた期待、本来の指揮系統の回復は、十分ともたなかった。到着するや否や、話が防衛隊の配備にまで進んでいると知った門田が腹を立て、それに乗じた警察庁長官、消防庁長官までもが不満の声を上げたのだ。その不満は、すぐに「越権も甚だしい」という文科相への詰問へと変わり、相模の発言権は封じられてしまう。相模を追い出すことで勢い付いた門田は、続いて浅岡に対し「災害対策を担うべき自分が来る前に出した全命令の撤回」を求めた。嫌軍派の雄として知られる門田と少なくない衝突を繰り返してきた浅岡は、当然の如く気分を害し、そのあまりに不合理な要請を拒否した。両者の衝突に、それぞれに付いている官僚・幕僚が加わり論争は紛糾。事態を収めるべき佐藤は、調整はできても自己の方針があるわけでないらしく、あっちを立てればこっちが立たずと、間を右往左往するばかり。午前九時四〇分、災害対策本部は機能停止に陥った。

あまりの滑稽《こっけい》さに呆れた相模は、遅れてやって来た本上に「決着がついたら呼べ」と言い残して東京都庁へ向かった。東京都知事・金子晴恵《かねこはるえ》と都庁の機能を当てにしたのである。その相模が、事態の収拾に一縷《いちる》の望み託していた実業界の雄、内閣危機管理監・支倉《はせくら》司《つかさ》の訃報《ふほう》を手にしたのは、都庁到着と同時であった。混乱状態に陥った首都高速で事故に巻き込まれたのだという。

再び災害対策本部が動き出した時、時計の針は既ににその天頂を回っていた。しかし、それは文字通りに「動いた」だけであって、防衛隊、消防、警察の指揮系統に統一はなく、事態の処理は遅々として進まなかった。それもそのはず、動いたのは論争に決着がついたからではなく、「総理が、元首達と専用列車で仙台へ逃げたらしい」という不名誉な報告をきっかけにして、「取り敢えず何とかしろ」という共通認識ができたために、動いただけであったのだ。

この統一性の欠いた救助活動は、現場責任者達がそれぞれに話を付けることで一応の協力態勢を敷き始め、何とか進み出した。しかし、それでも対応の鈍さは払拭できず、潜在化させられていた力を発揮するには、十一日の午前十時、つまり内閣総理大臣・藤原隆行の首相官邸到着の時まで待つ必要があった。


本上は、ふと疑問に思った。

「総理が居られたら、巧くいったのでしょうか？」

「少なくとも、災対委員長と防衛大臣との不毛な争いはなかったろう。総理の上をいく指揮権を持つ者は存在しないのだから」

「能力としてどうでしょうか？」

「……藤原の頭は、大東の翁のように果敢《かかん》ではないが、決して無能ではないよ。迷うことはあるだろうが、それなら迷わせなければ良い。

ああいう緊急時に必要なのは、権限が一極に集中していることなのだよ」

「あの総理に全権を掌握させるのですか？」

本上の声には感応の色がない。

「そうだ。分散すれば、あの時の官邸のように議論の種が際限なく出てくるばかりで、収拾がつかなくなる。救助隊一つ送るにしても、人数を重視する者もいれば、目的地までの距離を言う者、道程の難易を言う者も出てくるだろう。事が起こるたびに、対立する相手を論破しなければならないんだ。『正しいことをしよう』とするには有効な手段だよ。自ずと、物事が多角的に捉えられるからね。しかしそれをして良いのは、迂遠さが許容される平時でのことだ。事態が動き続け、次々と新しいことが起き、判明していく緊急時では悪手だよ」

「そうでしょうか？」

「それは勿論、迅速かつ最善であるのに越したことはない。それを目指すのは立派なことだ。だがね。それは、事態を判断するのに必要な要素が揃《そろ》っていて、初めて実現できる理想なのだよ。恵まれた状況にない時に的確な判断が出来たとすれば、余程の先見の明があるか、単に運が良かっただけさ」

本上にとって、相模の考察は軽くない衝撃であった。普段の主人は、一つの仕事の中から幾つもの仕事を作り出してしまう人間なのだ。だからこそ、職員の大部分が帰宅してしまったこの時間でも、こうして執務室に残っているのではないか。

難しい顔をしている本上に、相模は話を続ける。

「考えても見ろ。幾つかある選択肢の内、どれを『選ぶべき』かを比較検討している間に、選択を『施《ほどこ》すべき』対象を失ってしまっては、何にもならないだろ？」

「判断を誤ったら？」

「次の選択の時の判断要素になるだけさ」

「うーん……」

そうは割り切れない本上は、考え込んでしまった。

「緊急時を考える上での出発点は、全滅してしまうことだ。そこから、『いかに多くのものを救えるか』と考えていく。これは、『いかに効率良く犠牲を強いるか』という話なのだよ。話としては、戦場で兵士をいかに効率良く死なせるか、という戦略論に近い」

「……そう言えば、先生は、すぐに防衛隊の配備を考えておられましたね」

本上の言葉に、今度は相模が難しい顔をする。

「あれは早計だったな。あの災対委員長を、真っ先に追い出しておくべきだった」

根に持っているらしい。

「防衛隊を使わなければ…」

「それは無い」

相模の言葉は、明確だった。

「お前も見たろ、被災地域の状況を。あれは、警察や消防の手には負えない。現に、災害対策委員長の号令に勇んで出て行った隊員達は、出て行ってようやく手に負えないことが分かって、手をこまねいていたのだから。私に言わせれば、無駄な犠牲と時間とを費やしたに過ぎない」

そう断じる声には容赦の欠片もない。

「珈琲」という相模の声に、本上は、ようやく二つのカップが空になっているのに気付いた。一旦執務室を出ると、ポット、インスタントの珈琲、ミルク、砂糖を持ってきた。主人はブラックは飲まないのだ。

数分の後。部屋が再び珈琲の芳《かぐわ》しい香に満たされると、相模は続けた。

「…警察や消防の専門は、正常な面に発生した異常な点を処理することだ。ビルがきちんと建っている町中で、喧嘩や事故を処理する、起きた火事の火を消す、怪我人や病人を運ぶということだ。

しかし、異常な面に正常な点を築いたり線を引いていくとなると、警察や消防では役者不足だ。民間から重機を借り受けることもできるだろうが、一つの指揮権の下に人員と物資を整えている防衛隊との間では、戦力、効率の差は歴然だ。

町が異常な面と化す大規模災害の処理は、『自然の地形の上に、とにかく目的地まで辿り着ける道を作り、独自の通信網を敷いて、少しでも有利な戦場を作り出す』という防衛隊の専門分野にずっと近いのだよ」

「しかし、それで警察や消防が納得するでしょうか？」

本上の問いに、すっかり乾いてしまった最後のサンドイッチを珈琲で流し込むと、相模が答える。

「彼らには、彼らに相応しい……、と言うより、やるべき仕事がある。まず警察が必要なのは、災害の程度が極みに達している場所の周辺地域だ。そういう地域は、自動車での移動が可能だから、その整理をしなければならない。そこを混乱させて、外部から被災地へ派遣する人員の移動を妨げられると困る。それに、割り込みなんかを防ぐことで、避難を円滑にする必要もある。避難の鉄則『押さない。走らない。喋らない』を守らせるのに、警察は有効なのだよ。

あの制服が目に付くことで、不届きな火事場泥棒を抑えることもできるだろうし」

「消防は？」

「救命の中継ぎ。

道さえ出来ていれば、彼らは役目を果たせる。消防車の出動となるとかなり待つ必要があるだろう。が、応急処置だけでは足りない負傷者に、医者による高度医療を受けられるまでの間、適切な処置を施せる人員は直ぐにでも必要になる。そういう局面で、彼らはプロだ。

防衛隊員の仕事は、人命救助そのものより、その足場を作ることだ。防衛隊員には、少しでも早く被災地の深部にまで辿り着き、中継点を築いていくことを考えてもらわなければならない。場合によっては、目の前にいても、その負傷者を見捨てて行かなければならない」

「それを拾うのが消防隊員…」

「そういうこと」

本上の言葉に、相模が満足そうに首肯く。

「緊急時においては、全ての人員は駒でしかないのだよ。それぞれに特性、得手不得手があるから、将棋かチェスの駒だな。

駒には主役も脇役もない。同じ駒だ。駒が政治をしては困るし、それに左右されても困る。ただ、目の前にある役割を果たすことだけを考えてもらう。彼彼女等の生活費は目の前の人々が払う税金によって賄われているのだから、それで当然なのだよ。

さらに駒達は適材適所で、且つ、有機的に働けるように打たれなければならない。でないと、駒が、『駒達』となることで出せる分の力を無駄にすることになる」

相模が言い終えると、本上は、少し考えてそれを声にした。

「……そうすると、災対委員長の責任はかなり重いですね」

「本人は、そう考えていない様だがね」

そう返して相模は苦笑する。

九月九日の首相官邸から被災地に指揮命令の混乱を招き、無駄な時間経過を強いた災害対策特別委員会委員長・門田治臣は、どういう術《すべ》を使ったのか。今や、国会において、内閣の不手際を責め立てる急先鋒の一翼を担っている。彼に言わせると、「文科相の行動は越権行為である。それに応じて、最初から防衛隊を動かした防衛大臣にも行き過ぎがある。また、強いリーダーシップを代わって取れなかった官房長官は不適材。そもそも、首相官邸に急行しなかった総理大臣には、資質において問題がある」となる。

「実」の為に「形」を壊すことに対し、何ら抵抗感を持たない相模としては、取り合う気にもなれない論法である。

「あーっ　やっぱりここだ！」

と突然、うららかな声が部屋にやって来た。

「紗弥……」

「秋月さん」

主人と秘書官から口々にそう呼ばれた長い翠《みどり》の黒髪の女は、茶の上着に白のシャツ、茶を基調にしたチェックのロングスカート、焦茶の靴という出で立ちで、執務室の入り口で仁王立ちしている。手には大きなバスケットを抱えていた。その後ろへと目をやるとそこには、数人の男女が、必死に何気なさを装って立っていた。

「……どうしてここに？」

やや呆れた口調でそう聞いたのは、主人の方である。

「また、ジャンクフードで済ませたんですね」と、女は質問には答えずに机の所までやって来ると、抱えてきたバスケットを置き、中の物を広げ始めた。

「ホントに、気を遣わないんだから。ほら、明さん。見てないで手伝って！」

「あ、はい」

四つ年下であるはずの女と秘書官との間で、いつの間にか年齢を無視した上下関係が出来上がっていたらしいことを見て取り、相模は小さくため息をついた。

見る間に、机上を食卓へと変えてしまった女の名は、秋月紗弥《あきづきさや》。今年で二三歳になる。「恋人は要らない」という相模のつれない言葉を「他にいないもん」という一言で一蹴すると、政策秘書検定合格に向けて勉強しつつ、週一の割合で京都から東京へ出てくる生活をしている。二三ともなれば両親からの苦言の一つもありそうなものだが、四〇前に大臣になる程の婿候補を秋月家としてもみすみす不意にしたくないのか、娘の好きな様にさせるつもりでいるらしい。

「まだ、私の質問に答えてない」

不機嫌な声でそう言う相模に対し、未だ暖かいグラタンの入った器を渡すと、秋月はじっとその目を見つめた。今回の自信作を暖かい内にと、急いで持ってきたのだ。

やがて根負けした相模が、一口グラタンを口にする。

「美味しいですか?」

「……うん。これぐらい濃いめの方が、食べ堪えがあるな」

感想を聞いてようやく気が済んだのか、秋月がさっきの質問に答える。

「だって、事務所に居ても会えないんだもん。国会も大変そうだけど、向こうも何だか物々しくなってきたから……」

「『だもん』止めなさい」

「これで良いんだもん」

「……制服が目立ってきたか？」

「京には、まだ入ってきてなかったよ。まずは近江みたい」

「なるほど」

「後で葡萄もあるからね」

「気が利くな」

「でしょ！」

「西は？」

「あっちは備前が線になりそう」

「慎重だな」

「軍人さんが相手だから……。お茶入れたげるね」

「ありがとう」

本上が目にする二人の会話は、いつもこんな感じに恋人みたいなものと政治や仕事のものとが混ざったものになる。二人きりならどうなのかまでは、さすがに本上でも確かめようがない。

「相変わらず色気がないわね」

と、秋月に付いて来た同僚の内の一人が、本上に声を掛けてきた。民政党衆院議員・永江《ながえ》和《かず》代《よ》である。ここに居る人間では、一番の年長者である。と言っても、まだ四〇代であるのだが。

「あの方々には、あれが自然なのでしょう」

「自然ね」

そう言って、永江は、人生の後輩同士のやり取りを微笑ましそうに眺めた。


同日の同じ頃。文部科学省から、二キロ程離れたところにある西洋様式の古風な邸宅。「荒《あら》井《い》」という表札の掛かるこの邸宅の客間に、幾人かの政治家らが集まっていた。

「動かぬか？」

そう聞いたのは、ちょっとした会議室として使えるぐらいに広い洋室の上座、寝椅子にもたれ掛かることなく座った老人であった。

背もたれに電動の昇降機能を備えたその椅子は、古代ローマ人らが使っていた物を元に設計されているのだが、この御仁にはいまいち似合わない。この御仁を、周囲の者は大宰相と評し、あるいは単に第一〇六代の内閣総理大臣と認識し、人によっては七大罪の制覇を目論《もくろ》む者と酷評する。が御仁のＩＤカードには、きちんと大東広重とだけ記されている。

「はっ。未だに」

真っ先に答えたのは大東の右手、用意された簡素な椅子に浅く腰掛けた男。災害対策特別委員会委員長の門田治臣であった。普段を知る者であれば舌打ちをしたくなる程に、その態度は慇懃《いんぎん》なものであった。

「そろそろ、動いてもらわねばならぬわな」

「促すこともできますが…」

「藪蛇《やぶへび》になりかねませんな」

門田の声に別の声が被《かぶ》さる。その声は、門田の正面、大東の左手に座った竹内幸雄のものであった。座る椅子は門田と同じ設えの物であったが、こちらは、深くゆったりと座っている。

「かもしれぬ。今関わりがあると見られるのは、上策ではないな」

大東の言葉を受け、自分の見解が通ったことを感じ取った竹内は余裕の笑みを浮かべた。年齢、議員を務めてきた年数が近い竹内と門田とは、大東の兄弟弟子であり、ライバル同士なのである。

一方の門田は、竹内の反応など気にした風もない。

「しかしながら、翁。これ以上動きがないとなると、藤原が解決しかねない恐れがあるものと及ばずながら推測いたします」

と、現職の総理大臣を呼び捨てにしてのける。

「何か、不都合でも見付かったか？」

同じ目下の連中に過ぎない者共の些細な上下関係など気にするはずもなく、大東は鷹揚《おうよう》にそう聞いた。

今度は、門田の方が誇らしげに笑う番であった。門田は、器用にその笑みを竹内にだけ見えるようにして一瞬浮かべると、主人を待たせない内に切り出した。

「はっ。近畿管区隊の人事を見ておりましたところ。総監府にいる一尉が、あの相模の教え子であることが判明致しました」

本当は秘書にやらせていたことなのだが、その様なことはおくびにも出さない。門田にとって、秘書は便利な道具でしかない。その門田も、大東にしてみれば道具に過ぎないのだが、そこへは気を回さない様にして仕えている。そうしなければ自尊心を保てなくなってしまうであろうことを、本能的に分かっているのである。

門田は主人の素早い反応を期待していたのだが、それは外れた。その今尚つややかさを保つ顔を、杖に支えられた、両の手の甲に乗せた主人は、口を閉じたままでいる。

出し抜かれたわけではないと感じ取り、胸を撫《な》で下ろした、竹内がすかさず口を挟む。

「高が一尉ではないか。その程度の者に、一管区隊を左右できるはずもあるまい」

尉官は、将・佐・尉という三つの階級が存在する将校では最下位である。このことが、尉官に対して特異な評価を与えていた。

エリート偏重主義に逆らうどころか積極的に取り入れた防衛隊において、幹部候補生として入隊した場合、わずか一年で尉官位に就くことができる。一方、隊士で入隊した者、いわゆる叩き上げにとっては、第一線を退き予備役へと編入される頃にようやく辿り着くのが尉官位となる。両者の間には、当然にして、経験における差ができる。経験が物を言うこの世界では、時にこの差は絶望的な実力の差となって表れる。

故に、幹部候補生から上がった尉官らは、その階級章から「二線（戦）知らず」と呼ばれる。彼彼女等が知っているのは入隊前の受験「戦争」だけだ、という皮肉である。

「その一尉、何期だ？」

唐突《とうとつ》に聞いた大東の言葉に、竹内は一瞬見せた驚きの表情を慌てて隠した。翁の真意を計り切れていないことが露見《ろけん》しては、この場に不相応な者との烙印《らくいん》を押されてしまう。

「三三期です」

と、誇らしげな口調で門田は答えた。

（ふん、やはり二線知らずではないか）

竹内は、そう思いはしたが声にはしなかった。翁が自分とは違った感想を持ったらしいことを、敏感に感じ取ったのだ。

自分の相応というものを見誤らない、このことにかけては竹内は自信を持っている。だからこそ、今に至っているのだ。ここでの上下関係は絶対不可侵なものである。そこを誤れば、派閥を引継いでそこに自分の名を冠したといっても、その地位は露と消えるであろう。確かに表向き大東は無位無冠となり、その尊称も『頭』から『翁』へと変わっている。が、大東は目の前にこうして健在しているのだ。勿論その影響力もである。今の竹内は、時間を掛けて、大東の有形無形の力を薄れさせていく途上にいるのである。

大東は何やら考えを巡らせている様であるが、無論、そんな竹内の胸の内を歯牙《しが》にかけた訳ではない。

（三三期で一尉。しかもあの物部が飼っているというところを見ると、本物と見るべきだろうな。……相模の小僧は、教え子に恵まれておるらしい）

目の前にいる自分の教え子共を見やると、小さく息を吐いた。彼の教え子どもは、常に彼の反応に対して一喜一憂する。その度に彼はこの者らの評価を下げていくのだが、その際に生まれる微かな虚しさは、この大東を以てしても禁じ得なかった。大東が目指していたのは、一国の首相などではなく、首相少なくともそれに値する大物政治家達の育ての親となることであったのだが。

大東が、もう一つ息を吐いた時、

「小さいとはいえ、窓口があるのは危険ではなかろうかと存じます。その者、何とか遠ざけられませんか？」

という言葉が、やや離れたところから紡《つむ》がれてきた。その紡ぎ手は大東和成《かずなり》。大東広重の実の孫であり、今は竹内の私設秘書に納まっている。

　諸先輩方の会合の席であり、そして何よりも大き過ぎる祖父の目の前であるために、和成は、竹内の陰、広重からは見えにくい所に控えていた。目立つことはできないが、忘れられたくもない。微妙なバランスに苦慮しつつ、やっと探し当てた立ち位置である。そんな彼にとっては、清水の舞台から飛び降りる思いで、やっと搾《しぼ》り出した言葉であった。しかし、

「無理だな」

　という祖父の無慈悲な否定を受け、孫は項垂《うなだ》れた。

「文民統制を採っているとはいえ、総監府の人事へは手は出せぬ。そういう不文律があるのだ」

　声を荒げることなく付け足された説明に、さらに孫は身を縮めた。

　広重は、感情を抑えることを良しとしていない。彼が所構わずがなり立てるのは、少し前の永田町の名物であったぐらいだ。今のは、ややもすれば萎縮《いしゅく》しがちである孫を、珍しくも気遣ったものであったのだ。が、当の相手には伝わらなかったらしい。ロココ様式に統一された洋室に、冷えた空気が這い出す。

　微笑ましさの欠片もない二人の間に、竹内が割って入る。

「いや……、しかし、翁。和成君の考えももっともなことでありましょう。人事への直接介入は難しいにしても、外部からの接触方法があるというのは、好ましくありません。そこから、

急転直下の解決などという事態になれば、我々の復権が遠退《とおの》くことになります。それは即ち、我が和国の危難。それだけは、何としても阻止しなければなりません」

熱く締め括った竹内の言葉に、広重が静かに応える。

「儂も、危惧の種であることは否定せぬ。物部というのは、余計な人員は置かぬ男だからな」

その言葉に、竹内は、はっと気付いた。

「……………！

それでは、その一尉を、降伏の際の交渉役として考えていることも？」

「そんなところであろう。相模の小僧は、閣僚とはいえ、党の外の人間だ。距離からいっても丁度良い」

「くっ………」

広重の答えに、竹内は呻いた。

政界の筆頭に返り咲こうとしている竹内派にとって、藤原首相の失策に加え、今度の近畿管区隊の反乱という事件は、好材料なのである。それも、藤原内閣が無様《ぶざま》であればあるほど良い。なのにそれが藤原内閣の手で解決に至り、しかも一閣僚の独り舞台であったなどという事態になれば、民衆の称賛の声はあの若過ぎる大臣に向けられることだろう。そして、延いてはあの男を起用してのけた首相への評価を上げることにもなる。律儀《りちぎ》に過ぎる現首相が、衆参あわせて十五議席にしかならない助力への恩返しのために、渋る古株《ふるかぶ》の政治家らを説いて回り閣僚の席を用意したのは周知の事実なのである。

師と兄弟子との会話が途切れるのを見て取ると、横合《よこあ》いから門田が口を挟んだ。

「恐れながら、翁。私めに、いささかの策がございます。御裁可《ごさいか》いただければ幸いです」

「言ってみよ」

主人の許しを受け、門田は嬉々として応じた。

「はっ！　州から管区隊への供給を絶とうと愚考いたしておりますが、如何でしょうか？」

「道徳好きの樋口が応じるとは思えぬが……」

織州《きしゅう》知事・樋口芹沓《ひぐちきんとう》は、人道的配慮を理由に、食糧、医療等の物資の供給を今現在も続けている。和国において、防衛隊の予算は国の話であるが、物資の手配は、輸送や保管の理由から、専ら地方での話となっている。離脱宣言の当初は、物資供給を継続することに強い反対意見もあった。しかし近畿管区隊が、宣言の声明のみに止め、武力による近畿征圧といった強行手段に出ることがなかったために、近畿一円の各州議会は「懐柔《かいじゅう》し、穏便《おんびん》な解決を」という穏健派の意見が優勢となった。穏健派の優勢は今も変わっていない。

それは、外側から見れば手緩い対応に見え、非難の声は少なくない。が、武力衝突という事態になれば戦場になるのは近畿一円なのであるから、内側からすれば当然の結論であろう。

「知事が応じなければ、実力行使致します。目的は、あくまで行動を促すもの。動かぬ秀秋に、家康が鉄砲を撃ったが如し。きっかけを作る程度でありますから、価値はあろうかと存じます」

主人の危惧に、門田は自信たっぷりに答えた。

完全な消費者集団である防衛隊にとって、物資の供給が止まることは死活問題である。管区隊という作戦単位は数万人という規模であり、滞ることさえ問題となる。それ故に、管区隊側からの反応の程には、かなりの注意を払う必要がある。下手をすれば、近畿という文化的にも経済的にも価値が高く、それに伴って政治的にも大きな影響を持つ地域に、戦火を引き起こすことになりかねない。

広重は、防衛隊の反応の上限から、和国全土としては未だ平時であるということ、さらに近畿管区隊総監・物部の統率能力とその思考様式とを差し引き、その結論を出した。

「……いいだろう。やってみろ。お前に任せる」

「畏まりました」

主人からの是認の返事を押し戴《いただ》くと、門田は恭《うやうや》しく頭を下げた。そして、善は急げとばかりに、微かに苦い顔をしている竹内には目もくれず、部屋を出ていった。その足取りは軽い。

（あいつは分かっているのか？）

何の問題も無いかのようなその足取りに、竹内は、柄にもなく弟弟子を気遣った。

大東の翁は、「任せる」と明言した。これは彼等の主人が、方針を決することで生じたはずの自己が負うべき責任を、全て実行者に被せたということを意味する。もしその失敗によって窮地に立たされるようなことがあっても、この言質がある以上、主人は絶対に責任を負いはしない。全てを実行者が引き受けるのである。地位や名誉といった社会的生命は勿論のこと、場合によっては、文字通りの生命をも代償として供することとなる。

しかし、注意を促すべき相手はもう部屋には居らず、また主人の言質の証人とされてしまったからには、わざわざ言ってやるのも気が進まない。竹内は、一時の気の迷いであったと決めつけると、忘れることにした。

「竹内」

「…はっ」

主人の呼び掛けに、竹内は頭を切り替えた。

「相模の若造とつながりがあるという一尉のこと、藤原の耳に入れてやれ」

「はっ」

といつもの調子で答えた竹内は、数瞬置いて、その命令が出所を計りかねるものであることに気付いた。

「……翁、どういう御意図でございましょうか?」

「分からぬか?」

そう冷ややかに返されて、竹内の矜持は少なからず傷ついた。が、主人を相手に張り合っても仕方がないため、敗北を認めてしまうことにした。

「……はっ。私めでは推し量りかねます」

「和成。お前は?」

竹内は青褪《あおざ》めていく顔を伏せた。主人は、この竹内と和成とを同列に扱おうとしているのだ。何たる屈辱!しかし、竹内は堪えた。

一方、聞かれた和成は困惑していた。目の前の上司は、この扱いに間違いなく不満を感じており、それに堪えているのだ。

公務はここで上司に追従した方がし易くなるだろう。だが、その後の出世となればどうか。表向き実権を手放したとはいえ、祖父は、まだまだ健康に生き長らえるだろう。直弟子等に売ってある恩も多い。それらを巧く継ぐことが出来れば、和成の立場は揺るぎないものになるだろう。しかし和成は知っている。祖父の持つ影の権勢を好ましく思っていない者等が、旧大東派である竹内派にでさえ、既に出始めていることを。強烈過ぎる翁の振る舞いは、僅かにでも距離が空いている者にとっては、煩わしいだけなのだ。祖父の権勢は、意外に早くついえるかもしれない。

和成は後者を信じることにした。

「私程度では、及び至りません」

その答えに、祖父は、ほんの微かな落胆を匂わせたが、

「保険だ」

という短く冷ややかな声と共に煩わしげに手を振って、それを掻き消した。受けた一組の上司と部下は、粛々と部屋を後にした。

第二章　藤原首相の決断

十二月六日午前八時四五分、近畿管区隊本部基地・東門。食糧等の日常物資の搬入に使われるこの門は、普通、「通用門」と呼ばれる。今日は食糧の搬入日に当たっており、いつもより多めに、隊員が門のすぐ脇にある待機所に控えていた。

「今日も晴れそうだなあ」

そう言う一等陸士・辻《つじ》慎平《しんぺい》の顔が綻ぶ。彼は、門外での警戒任務に就いている。近畿管区隊が離脱宣言を出してからというもの、迂闊《うかつ》に街へ出ていくこともできず、搬入日という僅かな生活の変化にでさえも心が浮ついてしまうのである。

「井上、何か頼んだか？」

辻は、道を挟んで向こう側にいる同僚に話し掛けた。

規律はあるが刑務所ではないので、ほとんどの物を私物として取り寄せ、購入することができる。酒類でさえ、非番の時に指定された場所で飲むという制限はあるが、頼める。

「牛丼」

「はっ？」

思わず聞き返す。

「だから、牛丼だって。途中で、あったか〜いのを買ってきてもらうことになってる」

「そいつは、盲点だったな」

辻の脇から声が降ってきた。この班の長を務める陸曹・三宅徳則《みやけとくのり》である。彼は、総監府下の情報室への直通電話のあるボックスにいる。防衛隊は平時の仕事を「役」と呼び、その役は五人一組の班を基本にして割り当てられる。班の中での分担は、当然に班長の裁量に任される。

「班長。来ましたらよろしくお願いします」

「貸しだぞ」

「はい」

三宅は、結果として支障にならなければ、あれこれ責め立てることはしない。「要は、結果だ」という持論を徹底しているのだ。がその分、競争相手に付け入られる隙が多く、出世も遅くなっている。三宅のことを良く思っている辻などから見ると、口惜しく思う。しかし、当の本人が「興味ない」と気を回さないのだから仕方がない。三宅は、上役として部下が働き易い環境を作ることにこそ、喜びを感じられるのだ。

辻は、いつもの上役の調子に感心のこもった呆れを感じつつ、視線を東へと延びる道路の先へと向けた。

『!!』

その彼の耳に、この場所において通常は聞こえるはずのない音が飛び込んできた。

「…まさかっ」

その呟《つぶや》きと共に、道の向こう側にいる同僚を見やる。相手も、信じられないといった表情でこちらを見ている。

『!!』

と、また同じ音が聞こえてくる。

「爆音か?」

「……おそらく」

班長に応えた辻の推定は、すぐに、六つの目によって断定に変わった。黒い煙が上がってくるのが目視できたのだ。

「府に報告する。門を閉鎖」

班長の言葉に二人が頷く。

(あいつら、本気でやる気なのか?)

この時に門を閉めながら辻が真っ先に思い至ったのは、他の管区隊による武力制圧であった。

この和国で防衛隊と真っ向から遣り合えるのは、同じ防衛隊、少しひねって在和米軍だけである。

同日午前九時十五分、文部科学省・大臣執務室。

「先生!」

激しいノックの音と共に、本上が部屋へ駆け込んできた。

「それか?」

いつものソファーに濡羽《ぬれば》色のスーツで寝そべったまま、主人はテレビの画面を指差した。画面の向こうでは、現場に駆け付けた新人らしきレポーターが、裏返りそうになる声を抑えつつ現状報告をしていた。近畿管区隊本部基地へと続く道路の脇である。回転灯を回す警察車両が道を塞《ふさ》ぎ、道の真ん中では、横転したトラックが荷物を散乱させている。荷物は焼け焦げ、なおも煙を上げている物も見受けられる。有名牛丼店の物であるらしい派手な器と袋が、画面の隅の方で転がっているのが、妙に哀れである。

「あ、…はい。三名が負傷。内一名は重傷だそうです」

「死人はいないそうだが?」

「はい。いません」

主人の確認の言葉に、重傷者も意識は保っているという情報を記憶の中で確認した。

こういった時、主人がまず最初に気にするのは、いつも死者のことである。死んでさえないければ何とかできるのだ。義手も義足も、単なる動作の支えから精密機器へと進化している。その受け渡しと取り付けとさえきちんとできれば、肉体の欠損は充分に補える。後は、本人がそこからどう考えられるかだ。

「こっちの人間は戦争をしたいのかね……」

主人の言葉に画面に目を移すと、よく見かけるコメンテイター等が話をしている。


「酷《ひど》いことになりましたなぁ」

「だいたい防衛隊が良くない。この時代に武力で政権樹立を訴えるなど、時代錯誤もはなはだしい」

「ええ、確かに」

「そうでしょう?

今回の事件は、全て制服組による暴挙が原因なのです。彼らは、裁かれるべきなのです。それを穏便にと生温いことを言って許すから、心ある市民が怒ったのです」

「市民の怒りはもっともなことかもしれませんが、怪我をされたのは民間の運送業者の方々で…」

「それこそが!今までの甘やかしが招いた悲しい結果なのです。もっと早く解決していれば、このように尊い犠牲を強いることはなかったはずでしょう。手段はいくらでもあるはずですよ」

「震災の時と言い、今回の事と言い、政府の対応の不味さは目に余ります」

「ええ、全くです」

「一刻も早く、下されるべき裁きが下され、あるべき秩序が戻って欲しいものですなぁ」

『♪～』

「見事なものだな」

「今のがですか?」

主人の感嘆の声に、本上は不服で応じた。

「ああ。素晴らしい」

他人を手放しに誉める主人の姿は、素直に受け入れ難いものがあった。何時でも誰にでも、一つ上に抜け出ていて欲しいのだ。が、主人は、そんな秘書官のささやかな望みなどおかまいなしに続ける。

「今の、お前にできるか?」

「あれぐらいであれば、私にでも」

答える口調がむきになる。

「そうか、そういう類のものなのか。私にもできるかな？」

「既に、身に付けておいで! でしょう？」

「そうか？あんな事ができた覚えはないが」

「先生。あれが、そんなに感心する程のことですか？」

「お前はできるようだから、そうは思わないかもしれんが、あれはなかなか凄いぞ」

「そうでしょうか？」

「ああ。尺を無理なく使い切ったんだぞ」

本上はがっくりと肩を落とした。この男が感心していたのは内容ではなかったのだ。コメントを、ＣＭ前のジングルに掛からない様に、かつ時間いっぱいに収めた腕前にこそ感じ入っていたのだ。

そう言えば、この番組の司会者は、ＣＭ前に「ＣＭの後は〇〇です」と入れることで有名であった。それは、誰もが分かるモノマネのネタにされてもいる。しかし、さっきはその決まり文句が入らなかった。さぞかし司会者は欲求不満に襲われたことだろう。

「………」

「どうした？」

そう聞く主人の声が笑っている。

本上は、素直に顔を上げる気にはならなかった。主人は、途中でこちらの誤解に気付いていたのだろう。いや、意図的にそう仕向けたとさえ考えられる。そして、それを解こうともせずに、おちょくっていたのだ。さすがに腹が立つ。が、勝手に誤解していたのだから、文句を言う糸口もない。しかし、このまま終わらせるのも面白くない！

「——」

本上は、思いっきり不機嫌な表情を作ることで、ささやかな反撃とすることにした。子供染みた攻撃には、子供染みた反撃で充分である。

「あっ、はっはっは……。

すまなかった。そう恐い顔をするな。せっかくの色男が台無しだぞ」

同性の異性愛者をも魅了する人物に『色男』と言われてもいまいち嬉しくないのだが、主人を謝らせたには違いないので、一応満足することにした。

「真面目な話をしても良いですか?」

「そのために来たのだろう」

苦笑しつつ主人が答える。まだ、憮然《ぶぜん》とした顔を解いていなかったからだ。

「コホン。……犯行声明を出したのは、極左過激派でした」

「左か」

「はい。私は、動くなら右翼だろうと思っていたのですが」

「その方が順当だろうな」

保守派のことを右翼、急進派のことを左翼と呼ぶ。その起源は十八世紀末のフランスである。

当時はルイ十六世の御代にあったのだが、度重なる飢饉《ききん》や利益にならない戦争への介入等によって、フランスは、それまでに築いてきた国の威信と繁栄をいよいよ喰らい尽くすところまできていた。この国家的危機を打開しようとするエネルギーが旧体制の破壊へと向けられたのは、答責性《とうせき》という観点からすれば必然であったのだろう。国王は断頭台でその一生を終え、議会による統治の模索が始まった。

この後に誕生したフランス議会において、保守主義者が、議長席から見た右側に席を占めた。以来、従来の在り方を尊重し変化を厭う保守主義や、外来の思想や文化に影響されまいとする国粋主義の思想傾向を右翼と呼んだ。一方、急進派のジャコバン党は、左側の席を占めていた。このことから、生産・分配の手段を社会の共有にし階級的差別をなくそうとする社会主義や、生産方法・財産を社会共有とし貧富の差をなくそうとする共産主義といった、急進的な思想傾向を左翼と呼ぶようになった。

現在の近畿管区隊の行動は、クーデターへの序章と評価されている。そしてそれと対置している現政権は、保守系によるものである。そこで今回の事件への評価となるのだが、クーデター自体の成果によるかその波及によるかという余地はあるものの、保守系政権による現状へ変化を強いる。つまり、近畿管区隊とは保守系勢力へのアンチテーゼ、革新系勢力であるというのが外側に居る人間のほぼ一致した見解なのである。となれば、右翼が動くという方がより親和性を持つ。

「それで、いまいち摑みかねているんです。

もしかして、極左による声明というのは、ダミーなのではないでしょうか？」

と、ダージリン茶を用意しながら、文字通りの先生に聞く。

武を武で制そうとすることで事態を激化させる。そして、それを仕組んだのを左翼になすりつけることによって、右翼延いては現政権への相対的な支持率の上昇を計った。それが、本上の辿り着いた仮説である。

問いを聞きつつ、出されたティーカップを手にする。相模は珈琲も紅茶も共に愛飲する。生粋の紅茶党である本上には邪道に思えるのだが、今では自身も珈琲、庁舎ではこちらの方が用意し易いせいで、を飲めるようになってしまったので、今さらけちの付けようがない。

「はて……、総理にそれができるかな。もう少し善良だと思うが」

「竹内の頭であれば…」

「あちらは、そこまで人が良くない」

竹内なら、薄命の首相・藤原を助けたりしないだろう。確かに、竹内にとって、革新系へと支持が流れるのはもっての外のことではある。だが、どういう形であれ、藤原内閣の名が上がるのは喜ばしいことではない。理想は、自分が非主流派の藤原とは距離があることを明確にした上で、現政権が倒れること。そしてそこから、政権を党内でスライドさせるというシナリオであろう。

「私は、こう考えている。

今の左翼は、反戦平和という主張が強い。かつては『戦う革新』というのが魅力を持っていたが、今は『闘う革新』と言う方が正しいだろう。そうして軍事に関しては、頑固な嫌軍を張る」

相模の意見に、本上は少し考える。

「……軍人への対抗と捉えれば、左翼も素直に近畿管区隊と対立できると？」

「まだ実行犯の背景が分からないから、想像にすぎないがね」

（そう、想像にすぎない。極のつく過激派とはいえ、あれは軽率すぎる。本派が動かしたとも思えないが……）

口にしてはみたものの、相模も持説に自信を持てないでいる。

「両翼を敵に回すことになるんですね」

「国から離脱しようと言うのだ。その国に居続けようとする全勢力が敵に回るのは、道理だろう」

相模の言葉に、近畿総監の心境を思った本上は、居たたまれない気持ちになった。その雛贔屓は防衛隊内にとどまらず、物部とは相模も本上も面識がある。

現在、近畿管区隊が存続できているのは、立場の表明はしてもその実現を強行していないためだ。彼らの危険は、未だ潜在の域を越えていない。それ故に、和国政府としても力で捩じ伏せるといったことはできず、何とか交渉の足掛かりを作ろうと躍起《やっき》になっているのだ。しかし、たった一度でも、彼らが軍隊として動き出したならば、政府は早々に話合いによる解決への努力を放棄するだろう。物量が物を言う近代戦争において、近畿管区隊の勝利は有り得ないのだから。

「平和だな……」

唐突に、主人がそう言った。

付けたままのテレビは、いつの間にか別の話題に移っていた。民自党衆議院議員・古宮基男の事務所へ、東京地方検察庁特捜部の職員団が入っていく映像である。古宮基男《こみやもとお》は、国土交通省の上級官僚から政界入りした、いわゆる族議員である。百二十年程前には、族議員というとその専門性を高く買われた。が、この男は、官僚時代に築いたコネクションを私腹を肥やすために使っていたのである。

「二億八千万でしたか？」

「三億弱。……お前は、ああしてまで欲しいと思うか？」

主人の問いに、ふと興味を抱き、本上は聞き返すことにする。

「先生は、欲しくないのですか？」

「そうだな……」

主人が真剣に考え始める。あまり嬉しい反応ではなかったが、自分から振った以上、本上は待つことにした。

「六〇。いや、六〇〇兆なら考えるか……」

あまりに法外な額に、本上は確かめざるを得なかった。

「……円ですよね？」

「ドルの方が良かったか？　だとすると七京《けい》二千兆円か。何だが訳の分からない数字だな」

「円の方で結構です！　しかしそれでも、和国の歳入の十倍にもなるじゃないですか」

「この国の十年が買える金だ。なかなか魅力的だろう？」

主人に不敵にそう聞かれ、本上は返す言葉を見付けられなかった。

主人は、自分の価値と和国の十年間とを同列に並べてみせたのだ。確かに、こういう視点から見ると、約三億円という大金も端金《はしたがね》になってしまうのだろう。六〇〇兆に対すると、三億といえども、わずか〇・〇〇〇〇五％にしかならない。但しこの主人は、ドルで話を進めていたとしても平気で「この国の千年分だ」と言ってのける惧れがあるため、実害がどこまであるかは怪しい。

「高々三億。しかも、結局手に入れたのはあれだ」

画面はさらに切り替わり、任意同行に応じたらしい古宮が、自宅前で検察が用意した車へ乗せられる模様を映している。

「三億は没収。政界への返り咲きもないでしょうね」

「割りに合わないことをする」

「当初は、合うと思っていたのでしょう」

「何を材料にだ？」

聞かれた本上は言葉が詰まった。

(見付からなければ、利益を謳歌《おうか》できる)

その当たり前に出てきた答えが、主人に通じるかは疑問である。事件発覚という危険は、それなりの力を持っていれば抑えることができる。そしてたとい発覚したとしても、代わりに立てられる人員は権力ピラミッドの頂上に近付けば近付くほど増やせる。最初の一歩を踏む時機を誤らなければ、かなり低いリスクで、我が生の春を謳歌できるはずだ。

「……やはり事件発覚の可能性を低くできる、と考えたからではないでしょうか？」

「なるほど。縦横無尽にコネを張り巡らそうと東奔西走し、身の安全を買い付けた。そしてようやく手に入れたのが、あの肥えに肥えた腹というわけだ……。分からぬな。そんなに喜ばしいことか？」

主人が疑問を呈したのは、手段云々《うんぬん》というところではなく、贈収賄によって行き着く目的であったのだ。

三億という不正な利益を得るために、古宮は相当な努力をしたことだろう。上に媚びへつらい、下を酷使する。それが仮に真っ当な努力と認められるものであったならば、止むことのない称賛を浴びていたかもしれない。しかし、現実にはそのような称賛は勿論なく、逮捕・拘束という憂き目にあった。そして相模は言うのである。「逮捕がなかったとしても、手に入れられたのは肥えた腹だけではないか」と。

「……………」

我が主人は、金銭その物には興味がないのだ。それによって得られるであろう贅を尽くした生活にもである。彼が興味を持っているのは、金銭によって動くものや動かされるもの。つまり、金銭が持つ影響力や支配力にこそ惹かれているのだ。先程の「六〇〇兆円」というのも、「和国の十年間」ということから算出された答えなのだろう。

相模のいる文部科学省にも、それなりの利権が存在する。

学校を建てるというのは、施設の規模、要請される規格からすれば、億単位の金銭が絡む大規模事業である。教材認定というものにだって利権は存在する。

だが彼がそれら以上に手を煩わせているのは、研究という分野である。持ち込まれる話は、市場経済に乗る以前の形のものが多いために世間の耳目《じもく》は集めにくい。しかし当たれば大きく、そういう分野では、研究そのものの進行争いも然ることながら、研究費取得や権利を獲得するための各種審査の優劣といった政治的な争いも激しい。

相模の目の前で贈賄へと話が進みかけたことも、一度ならずあった。私的空間である事務所には滅多に帰らず、専ら公的空間である庁舎に入り浸っているのは、そういった話に巻き込まれるのを嫌ったためでもある。

「あれが、三億円を掛けた身体というわけだ。涙ぐましい話ではないか」

容赦なき主人の身体は、和刀《わとう》術、六世紀程前に遡る戦国時代にこの国で隆盛した刀剣術、によって鍛えられている。彼の師、評して曰《いわ》く、「風格において未熟なるも、技量において成熟す」と。

本上も、主人と共にいる時間の長さから、その必要性を感じて護身術等を修めている。プロ格闘家のように体躯《たいく》が大きい訳ではないが、一対一なら負けない自信もある。が、和刀術では、主人に未だに一度も勝ったことがない。手加減は、すれば見抜かれる上に一週間はしつこくなじられるため、していない。

「そうはおっしゃいますが、古宮氏の贅沢も意味があったのではないでしょうか？少なくとも、氏が立ち寄られた所は潤ったのでは」

「あの男が知っているのは完成されたものだけだ。育ててはいない」

「それなら回りまわって…」

「それは、あの男から潤いを受けた人間の功績だ。あの男の徳ではない」

古宮基男は、よほど主人に嫌われたらしい。本上が挙げようとした美点は、いつになく頑固に否定された。

「コンコン」とノックの音が聞こえてきた。それを、午前中に予定されていた会議の時間が近付いたためと受け取ったのであろう。文科相が、すっとソファーから降り立った。

執務室へと入ってきた第二秘書官・鈴木香代子《すずきかよこ》は、文科相に伝えて言う。

「首相閣下が御呼びです」

それを聞いて、文科相が訝《いぶか》しげな顔をする。

「はて、朝の会議は総理も御存じのはずだが」

「私もそう申し上げたのです。が、急を要する話が御有りということで、全てに優先して来るようにとの仰せです」

そう告げる女性秘書官も困惑しているようだ。しかし、先方が事情を知った上で「来い」と言っているのだから、ここで考えていても仕方がない。

「……承知した」

そう言うと文科相は、テーブルの上から数冊の冊子を取り上げた。

「鈴木君。これを会議に頼む。一通り私の意見は書き入れてある。今日の内容は、桂《かつら》にでもまとめさせておいてくれ、可能なものは決済書の作成に入ってくれて良い」

「かしこまりました」

第二秘書官は、冊子を受け取ると部屋を出ていった。

「明、来い」

「はい」

主人は、名残惜《なごり》しそうにしながらもティーカップを一息に空けてしまうと、本上を連れて部屋をあとにした。

近畿管区隊本部基地「貴賓室」。

「気は変わりませんか？」

「………」

問われた倉田は、一言も発することなく相手を睨み付けた。相手を刺し貫くような真っ直ぐな視線。何物にも遮られることなくその視線を受けとめた相手は、小さく首を振った。

「……そうですか。やはり、あなたの目には、唯の戦争にしか見えていないのですね」

「内乱よ！」

「私は、そうは捉えていませんが……。まあ、負ければそうなるでしょうね」

戦争は、戦時国際法が妥当する状態又は期間と定義され、宣戦布告等の戦意の表明を以て発生するとされている。が、今の近畿管区隊の行為は、国の一部が立ったというものであるから、内乱と言うのが正確であろう。独立戦争と捉えれば、戦争の分類に入らなくはないだろうが。

「負けなくてもそうなるわ」

「一体、誰がそうするのです？」

内乱とは、和国の刑事法典第七七条に示された犯罪。つまり、和国という国家によって裁かれる行為である。従って近畿管区隊が和国国家を上回った場合には、それは犯罪でなくなってしまう。

「………」

「まさか、神ではないですよね？」

「………」

倉田は黙っていることにした。だからといってそれは、神様が裁いてくれると、彼女が信じていることを示したわけではない。彼女は、神様はあくまであの世のものであると思っている。だから、この世には干渉しないだろうとも考えている。

倉田は、裁くのは民衆だと考えている。いや、考えたいと思っている、という方が当たっているのかもしれない。近畿管区隊が和国国家を上回った場合、その上に立つ者は、新生国家の父として、非合法に手に入れた無制限の権力を存分に振るうだろう。もしかしたら、それは善政であるかもしれない。未来において、歴史家等が絶賛するものであるかもしれない。だが、それなら一層のこと困るとも思う。もしその様な称賛を伴う完璧な英雄が現われたとしたら、人々はその人物を嬉々として受け入れるだろう。そこには、社会全体のことなどという面倒なことを考える必要のない、自分のことだけに終始できる人生劇場があるのだから。しかし必然的に訪れるその英雄の死後には、無責任、無目的、無反省な統治が遺されるのだ。次の英雄、それも完璧かどうか怪しい、が登場するまで。だからこそ、権力主体の交代は合法的でなければならないのだ。新たに登場した権力主体を、神聖不可侵な存在にしてしまわないために。

かつてなら、この相手に話して良いとも思っただろう。多分、いや確実に理解してくれたはずだったから。しかし、それもひと月前に諦めた。この人は、もう変わったのだ。

「私のことなど、放っておいたらどうですか？　吉岡一尉」

殊更に階級を付けて呼んでみた。

「二人も抜けてしまうと、さすがに総監府も陣容が薄いんです」

が、吉岡は気にした風もなく単に首を横に振っただけであった。

「代わりが…」

「いませんよ」

言い掛けた言葉はあっさり否定された。

「下位の指揮部も似たようなものです。簡単に補充はできません。それに、この先を考えれば、ただ穴を埋めるというだけでは足りないですから」

「凄い自信」

柄になく倉田は皮肉を言った。

「一応、努力はしていますから」

皮肉には少年期の昔から慣らされてきた吉岡は、そう言って微笑んだ。

倉田も思わず笑いかけたが、慌ててそれを堪えた。同期である二人の一尉には似たような経験が多いのだ。その分、親近感があり、緊張していないと引き込まれてしまう。

「惜しい」

吉岡がわざとらしく残念がるのを、今度は、心を緩めることなくやり過ごす。その様子が余程に仰々しかったのだろう。彼は小さく笑い、組んでいた足を解いた。

「……仕方がありませんね。今日は、もう行きますよ」

そう告げると、吉岡は立ち上がった。そこから歩きかけて、何かを思い出したかの様に振り返る。

「そうそう、向こうは戦端を開くつもりでいるらしいですよ」

さらりと爆弾を落としていく男である。

「どういうこと?!」

「運搬業者が襲われました。つい先程のことです」

「……」

絶句とはこのことである。まさか、和国が先に仕掛けるとは。

「それではまた来ます」

思惑通りの反応だったのだろう。満足そうに薄く笑うと、吉岡は部屋を出ていった。しっかりと鍵を掛けて。

（先生に会えたらな……）

固く閉められた扉を見て、倉田のこれまでの願望は渇望へと変わった。

同日午前十時三〇分、首相官邸。

車中で似紫《にせむらさき》色のネクタイをした相模は、本上と共に、首相秘書官の案内で首相執務室の扉をくぐった。首相官邸が建てられた時から変わらずにそこにあり続けるその扉は、数々の政治的取引や歴史的会談の証人としての風格を感じさせている。相模がこの官邸の中で気に入っている物の一つであり、その脇を通り抜ける際に軽く触れていく。

その相模の目に続いて入ってきたのは、三人の人物の姿であった。来客用のソファーに並んで座る二人とその後に控えて立つ一人。座っているのは、相模から見て右側から、内閣総理大臣・藤原隆行、防衛大臣・浅岡克巳。後に控えているのは、法務省公安調査庁長官・鈴木武文《すずきたけふみ》である。

物々しい取り合せに、本上は緊張感を高めた。が、相模の方は、何の変化も表すことなく上司の前に座った。

「本日は、どの様な御用件ですか？」

と、相模の方から切り出す。

「忙しいところすまなかった」

「いえ、構いませんよ。会議は、こちらが連絡の付くところに居さえすれば、問題なくこなせますから」

「そうか。………」

首相はそう声を発すると、隣に座る防相を促した。

「率直に聞こう。この者を知っているか？」

迂遠さとは縁遠い浅岡は、一枚の紙片を差し出した。それは公務員の人事処理に使われる資料であり、顔写真と共に経歴等がそこに記される。とは言ってもそれは原本の話。目の前にあるその複写は、名前と顔写真以外は黒く塗り潰されている。

「失礼」

そう断って、相模は紙片を取り上げた。

「ええ、知っています」

「間違いないか？」

「はい。私の教え子です。三三期になりますか。近畿管区隊に配属されているはずですが？」

「そうだ。今も近畿にいる」

そう答えて、浅岡がゆっくり身を起こす。柔道をはじめ、数々の武道に通じている相手に身構えられると、流石に相模も威圧感を覚える。気勢を受け流すこともできず、相模は数瞬で考えをまとめた。

紙片をテーブルの上に置くと、相模は芝居がかった様子で相手の側を見回す。

「………。」

私は、疑われているのですか？」

そう聞いて、視線を首相へと向ける。藤原は目を逸らす。受け手を失った視線を、今度は防相へと向ける。

「……それもあり得ると睨んでいる、といったところだ」

率直で、はぐらかすのを嫌う。相模が、浅岡の持つ性格で最も気に入っているところである。

「なるほど……。これは不利ですね」

「降参か？」

「まさか。手元に対抗手段がないという…」

「手元でなければあるのかね？」

藤原が必死な表情で聞いてきた。

相模の後ろに控えて立つ本上は、向こう側の状況におおよその見当を付けた。この情報は、藤原が他から手に入れた、心情を加えれば手に入ってしまったものなのだろう。気は進まないものの、問題が問題なだけに確認せざるを得ず。公安調査庁長官、そして防衛大臣を呼んだのであろう。相模を呼ぶことにしたのは、密室を嫌った浅岡であろう。

「勿論。……ああ、証拠としての能力を考えれば、そちらに居られる方が代行された方が、よろしいのではないですか？」

そう言われて視線を受けた公安調査庁長官は、眉一つ動かすことなく一歩前に出た。

「指示は何時でも出せますが？」

相模は、相手の人柄に一瞬興味を示したが、

「お願いしましょう」

と言うにとどめた。

それを受けて、長官は携帯電話を取り出した。人員の配置は既に済ませてあったのだろう。出された指示は簡単なものであった。

それから数十秒を置いて、本上の携帯電話に呼び出しが掛かった。何となく察しがついた本上は、出るのを躊躇《ためら》った。

「出ろよ」

主人が秘書官に命じる。気は進まなかったが、命じられたままに電話に出た。

「もしもし」

「…！…！」

「落ち着いて、はっきり」

「…！…！」

が、向こうは狼狽《ろうばい》していて要領を得ない。

持て余したところに差し出された主人の手に、秘書官は素直に応じた。乗せられた電話を、主人は軽やかな手つきで耳に当てた。

「どうしたぁ？」

「…！……！」

普段の声よりずっと軽い、いっそ気の抜けたと表現すべき口調である。

「好きにさせればいい」

「…？！」

「何か困ることでもあるのか？」

「…」

「だったら、好きにさせておけ。その方が、君達の仕事への支障も少なくて済む」

「……」

「君達は君達の仕事を続けろ。以上」

「…」

主人は電話を切った。

それから十数分間、執務室では沈黙が続いた。当の本人が涼しげな顔で部屋の調度品を眺める一方で、一人藤原が吹き出る汗を拭っている光景は、一同を見渡せる本上の目には痛々しく映った。

その沈黙を破ったのは、長官の携帯電話であった。

「成果は?」

「………」

「そうか。読み上げろ」

「貴…」

「君…」

飛び出そうとした本上と藤原とを、相模は右手を挙げて制した。

「……」

浅岡も、公安調査庁長官の行動をさすがに無法と感じたらしく苦い顔をしたが、静かにそのやり取りを見ていた。思わず立ち上がってしまった藤原は、そのまま執務用の机へと歩き出し、抽斗から新しいハンカチを出して戻ってきた。

「構いませんか？」

「どうぞ」

長官への相模の応対は落ち着いたものであった。

「…。…。…」

「他には？」

「…」

「文面は？」

「………。………。………」

「分かった」

「……？」

「お返ししろ」

「……？」

「ああ、そうしておいてくれ」

「…」

長官は電話を切った。

「あったのは、暑中見舞いや年賀状といった時候のあいさつ、近況報告といった物ばかりでした」

「回線は、もう調べたのかい？」

「記録だけですが」

「早いな」

「恐縮です。

今のところ、シロと見てよろしいでしょう」

「そうか！」

一番最初に声を上げたのは藤原であった。

「よかった。よかった」

その嬉々とした様子に、相模と浅岡は呆れた顔をする。しばらくしてそれを感じ取った藤原は、さすがに恥じ入ったらしく、出していたハンカチで顔を拭って表情を隠した。

「……で、公安調査庁長官。君が目星を付けいているのは、私だけかい？」

相模の問いに、防相も長官の方へと身体ごと向きを変えた。

「何人かあります。実行力で言えば、文科相もあり得ると思ったのですが…」

「褒め言葉と受け取っておこう。それで？」

「第一は高敏という人物。第二がモハメド・ラージンです」

その答えに最初に応じたのは防相だった。

「後者は、国際指名手配中のテロリストだったな。前者は何者だ?」

「シンソ教の教祖です」

「シンソ教?」

「はい。シンは神々の神、ソは祖先の祖。合わせて『神祖』」

「なるほど。…知ってるか?」

防相が文科相へ聞く。

「管轄ですから大体は。明」

勝手なものである。

「…はい。本拠は奈良州・明日香。歴史は古く、成立は一千四百年程前です」

「その割りには余り聞かぬな」

防相が感想を洩《も》らす。

「大きくなったのはここ十年、教祖が今の高敏氏に替わってからです。現在申請されている信者数は、二百万人になります」

「随分と大きくないかね?」

そう言って、首相が眉をひそめる。

それには相模が応える。

「大きいには大きいです。しかし、日本で何らかの宗教に入信している者を数え合わせると、国の全人口を軽く越えてしまいますから」

「そうなのかね？」

「現代文明社会の特色といって良いでしょう。

文明の発展という線で見た場合、近代以前の点で止まっているところでは、連帯の強さのせいか、古来からの宗教が根強いのです。信仰の仕方も、原理主義といった、原点回帰が起こる程です。しかし、高度に進んでいればいるほど、一人で幾つもの宗教を掛け持つような者が増えます。一方で、一切宗教に係わらない者もいるのですが…」

「それなら、この国は後者だろうな」

「はい。ですから、どの宗教がどれだけの実力、動員力があるか、となると計りかねてしまうのです。信仰の自由を謳《うた》っている以上、強引な取り調べにも出て行けませんし……。

確か、神祖教の教義に過激な面は無かったと思うが？」

文科相が長官に聞く。

「問題は、現教祖の性格と求心力にあります」

「野心家か？」

「相当の」

「もう入ったのか？」

「はい。急な成長が目に余ったので、何名か入れました。

現代医学でも回復が難しいと言われる病を治してみせており、末端信者の熱狂振りは相当なものです。調査員も、ひと月で引き上げさせざるを得ませんでした」

「すごいな。末期癌《がん》でも治すのか？」

「そこまではできないそうです」

「『そう』？」

文科相が語尾を拾う。

「教祖自身が明言していることです。神経系のものは完璧に治せるそうですが、癌は痛みを取れるぐらいであると」

「正直だな。

……？入ったのは君か？」

「御明察。なかなかの美男子でしたよ。それがまたウケが良いようです。どことなく、貴方と同じ臭いを感じたのですが…」

「宗教家になるつもりはないよ」

相模が笑ってそう返すと、本上がその後ろから入ってきた。

「痛みを取れる程度で、信者を増やせるのでしょうか？」

その質問に、文科相への視線が集まる。「何で私なんだ？」という心の声は控えて、相模は答えた。

「……元来、宗教にとって現世利益とは、付属品にすぎないのだよ。宗教が語るものは、心の平穏であってそれ以外にない。このことは、キリスト教、イスラム教、仏教、その他でも変わらない」

「イエスの奇跡とか…」

「それは、イエスが神の子であるからさ。イエスは、救世主である必要があった」

「それは奇跡がまやかしであったと言うことですか？」

「そうではない……だろう、と思う」

「歯切れが悪いですね」

生徒の声は不満そうだ。

「私がこの目で見たわけではないし、恩恵の実感もない。まあこの感覚は、私が単にキリスト教徒でないためかもしれないがね。

だが、福音書を見ると、当時のユダヤの神官達より、その行動はずっと博愛に満ちていたものだったことは分かる。『敵を愛せ』、この辺りが真骨頂だろう」

「『敵を愛せ』……。『隣人を愛せ』というのがありますよね」

「『隣人を愛せ』というのは、ユダヤに既にあった言葉だ。イエスの頃には『隣人を愛し、敵を憎め』となっていた。後半は律法学者の聖書解釈だろう。『敵を愛せ』というのは、ルカによる福音書、それからマタイによる福音書にある。

『敵を愛し、あなた方を憎む者に親切にしなさい。悪口を言う者に祝福を祈り、あなた方を侮辱する者のために祈りなさい。あなたの頬を打つ者には、もう一方の頬をも向けなさい。上着を奪い取る者には、下着をも拒んではならない。求める者には、誰にでも与えなさい。あなたの持ち物を奪う者から取り返そうとしてはならない。人にしてもらいたいと思うことを、人にもしなさい。

自分を愛してくれる人を愛したところで、あなた方にどんな恵みがあろうか。罪人でも、愛してくれる人を愛している。また、自分に善くしてくれる人に善いことをしたところで、どんな恵みがあろうか。罪人さえ、同じものを返してもらおうとして、罪人に貸すのである。

しかし、あなた方は敵を愛しなさい。人に善いことをし、何も当てにしないで貸しなさい。そうすればたくさんの報いがあり、いと高き方の子となる。いと高き子は、恩を知らない者にも悪人にも、情け深いからである。あなた方の父が憐れみ深いように、あなた方も憐れみ深い者となりなさい』

と、ルカによる福音書では書かれている」

「先生、長いです」

「仕方ないだろう。全文でなければ意味がない」

「しかし、……何だか無法地帯になりそうな気がする言葉ですね」

「『人にしてもらいたいと思うことを、人にもしなさい』と、ちゃんとあるだろう?」

「確かに…」

「法といえば、『人を裁くな』とも言っている」

「それでは…」

「これだけならそうと言えなくはないが、無法を許容する文脈ではないよ。イエスは、その際に盲人の譬《たと》え話を出している。人が人に下す判断は絶対でないことを戒めたかったのだろう。善悪は、あくまで主が下す最後の審判による」

「何だか気の長い話ですね」

「エジプトの死者の書にある審判と違って、キリスト教の最後の審判は Dies irae の世界だからな。

イエスは、『絶対的な善悪を計りきれない者らである人々が社会を構築して生きていくには、隣人を愛するだけでは足りず、敵をも愛する必要がある』と考えていたのではないかな。それが、平穏な社会、平穏な人生をもたらすと」

「その割りに、彼の国は…」

「相手を悪魔と呼べば、連中としては合理的なのだろうよ。ヨハネの黙示録では天使と悪魔の戦いが描かれているし、旧約聖書の主は度々裁きを実行している。

だが、イエスの言葉だけを辿ったなら、マザー・テレサの行動が最も合理的なものだろう」

「……なるほど」

「敵を悪魔と呼ばず、隣人を敵と呼ばず。さらに抽象的次元で実践できれば、人生において、凡そ恐怖は無くなる。方法に違いはあるが、他の宗教でも求めるところに変わりはない。天国や極楽の話も、避けられない死を、安らかに考えるためのものだろう」

本題からズレ始めたため、生徒は質問を改めることにした。

「結局のところ、現世利益は必要ないと？」

「不要。いらない」

「そんなに重ねなくても」

結論が出たところで防相が動く。

「唱える者は多いようだが？」

「分かり易いからでしょう。イエスも、それで悩んでいます。人々は、教え導く者としての自分ではなく、奇跡をもたらす者としての自分ばかりを求める。

彼が本当に望んでいたであろう伝道が果たされたのは、ゴルゴダの丘以降。弟子たちによる布教活動によってですから」

「それで、まずは奇跡による宣伝か…」

「経緯を知っているかは分かりません。が、新興宗教、正確には頭に五つ六つ新が付くのですが、その勢力拡大に効果的なのは確かなようです。滔々《とうとう》と神や仏の御業《みわざ》やそこへ至る哲学を語られることより、今あるこの痛みを消してもらえる方が喜ばれるのは、現代も同じなのでしょう」

「信心の話であろうに、えらく散文的だな」

「信仰が根付いている方には理解が難しいのでしょうが、信仰は人生に必要不可欠なものという訳ではありません。真の普遍で言うならば、明日の糧《かて》を得るというリアリティーがやはり限度でしょう」

文科相の踏み込んだ発言に、防相は「ウォッホン」とわざとらしい咳払いをした。

「……俄かには首肯きがたい結論だな。

時に、神祖教の教義は？」

「第一を挙げれば、『神に連なる我のために生きよ。さすれば、神に列せられん』というものでしょう。死に対する恐怖を取り除こうとしたもの、と考えて良いでしょう」

「ふざけた話を」

首相が吐き捨てるように言った。

「この時代に神に連なるなど…」

「それが、そうでもないのです」

「どういうことかね？」

「これは今上天皇の御身に関わることですから、軽々には言えないのですが…」

「天皇……」

不満げだった首相の面持ちが、急速に神妙になる。首相の精神世界はシンプルな和国人のそれである。

「はい。時代は飛鳥の頃、とある皇子の子と言われる方が、現在の神祖教の教祖一族にまで繋がっているようなのです」

「随分とあいまいではないかね?」

「天皇家は、決して平穏無事に続いてきているわけではありません。時には皇族達による、またある時にはその周囲の者等による政争に、何度となく晒されてきています。

安定した継承がなされるようになったのは、ここ一、二世紀。神武天皇から数えると二千八百年近くになる長い天皇家の歴史から見れば、ごく最近の話です」

「天皇は、かつて現人神《あらひとがみ》とお呼び申し上げていたのだったな」

「はい」

首相はそれで納得したらしい。

文科相は視線を長官に移す。

「教祖の力は、超能力の類《たぐい》か?」

「いえ、高弟等も扱えるものですから、教祖個人の特殊能力ではないようです。おそらく、気功系の医術ではないかと」

「奇跡に、美に、皇族。強いだろうな」

「はい。これは、まだ調査中なのですが……。和国政府組織内にも、かなり入り込んでいます」

「教祖が替わったのが十年前。そろそろ実行力も備わるか……。迂闊だったな」

文科相が顔を曇らせる。本人は歪めているぐらいのつもりなのだろうが、傍目《はため》には曇っているという表現が限度となる顔立ちである。長官は、この容貌なら教祖と渡り合えるだろうと、心の中で密かな感想を持った。

「ラージンの方は？」

防相が身体ごと振り返って聞く。

「ここ二年は、自身の入国はありません。捜査が可能な限りでの話ですが、国内の支持者との接触も無かったようです」

「となると、その教祖が第一か…」

「おそらく」

「それならそうと始めからそう言わんか!!お陰で相模君へ疑いを向けるなどという非礼を働いてしまったではないか！」

長官の応えに首相が一息に捲《ま》くし立てた。慣れない行動なのであろう、言い終えて肩で息をしている。

「は、はあ……」

あまりの剣幕に、長官が後退りする。と、そこへ文相が助け船を出す。

「仕方ありませんよ。私の手元に公安の人間を配せるわけがないのですから、確認のしようがありません」

「それは…」

「それに!……それに、お陰で私の有用性が明らかになったのですから、手間が省けました」

「有用性?

……まさか!畿州へ?」

首相が口にした言葉に、相模を除く一同が驚く。

「前々から考えてはいたのです。故郷でのことですし、自身の目で確かめておきたいこともあります。しかし、そのためにはそれなりの手土産が必要でしょう。それが無ければ行く意味がありません。………」

「どうしたのかね?」

言い淀む相模に、首相が聞く。

「………」

相模は答えを渋る。

「手土産か?」

防相が核心を突く。

「……はい。首相には、覚悟していただかなければなりません」

「私が覚悟すること？」

首相の不安そうな問いに、相模が頷く。

「私が考えている手土産は、内閣総辞職です」

内閣は行政府の頂点であり、長である内閣総理大臣及びその総理に任命された国務大臣とで組織される。

議院内閣制を採る日本では、内閣総理大臣は国会議員でなければならず、国務大臣の過半数もまた国会議員でなければならない。そのため、国会での主導権争いは、直接に内閣へ延いては行政に反映する。それが如実に表れるのが、「内閣不信任決議案の可決」あるいは「内閣信任決議案の否決」という内閣の終わらせ方である。

そして、内閣の終わり方が「内閣総辞職」である。意味は文字通り。

「……？」

「………」

「？……」

「！……」

反応は四者四様であったが、沈黙したということでは一致していた。そこから最初に声を上げたのは、首相である。

「な、何を言っているのだね？私達には、未だ…」

「その『未だ』というのが、向こうに踏み込まれている一番の理由です。ですから、それをこちらから無くしてしまうのが、最も効果的だろうと思うのです」

「それは、そうだろうが……。君は、それで満足なのかね？」

「いいえ。向こうの言いなりになる様なものですから。しかしこのままで、それこそ抜き差しならない状況にでもなれば、近畿は戦場になるでしょう。それは、一政権を守るのには大き過ぎる代償だと思います」

「………」

静かな口調で語る相模の言葉に、藤原は頭を抱えた。

一政権と数千万人の生命・生活とでは、どちらがより重いか。その答えは、彼の中のものと相模の中のものとで一致している上に、当然の帰結である。ここは政権を手放すべきなのだろう。手にする時機が悪かったと諦めて……。しかし、この様なクーデター擬《まが》いの形で政権を失うことへの抵抗を克服するには、権力への私的な執着以外にも整理しなければならないものがある。もしこのような前例を作ってしまえば、文民政府に対する武官の優位という状況を生むことになりかねない。表立った帝国主義が息を潜《ひそ》めて以降、それは間違いなく汚名であり、その様なものを甘受できる藤原ではない。

「……」

沈黙がのしかかる。

どれくらい経ったのだろうか。ふと、防相が口を開いた。

「首相、最近は御身体の加減は如何ですか？」

「？」

「……！」

首相はしばらく真意を計りかねていたが、やがてそれに気が付くとソファーに深く腰を沈めた。

内閣には総辞職を強いられる状況が二つある。一つは、内閣が解散を命じることができる衆議院で総選挙が行なわれた後。そしてもう一つが、内閣総理大臣が欠けることである。前者は国民の内閣への支持の問題を是正するためであり、後者は内閣の職務遂行能力の問題を解決するためである。

「……少々優れぬようだ。しばらく休みをもらえないだろうか？」

一同に対しそう力なく応じた第一〇八代和国内閣総理大臣・藤原隆行が緊急入院し、そのまま総理大臣の職を辞したのは、これから六時間後のことであった。

奈良州・明日香。

白み始めた夜明け前の明るさ程に照明を抑えられたその部屋は、全部で四つある壁面を持っていた。

一つは情報端末とその画面群によって埋め尽くされ、その向かいの壁には唯一の出入口となる扉が配されている。残りの内の一つには、一枚の絵画が掲げられていた。縦二七五・三センチメートル、横二〇九・八センチメートルという大きな絵。Salvador Dali という二〇世紀の画家が描いたその絵は、『La madone de Port Lligat』という名で呼ばれている。奥行き深く描かれた水平線の上、絵の中央に一つのパンがある。そのパンがあるのは、四角く抜かれた幼いキリストの肉体の中。そのキリストは聖母、彼女もまた肉体を四角く抜かれている、に抱かれている。聖母子は、聖壇の中央にあって、水平線から伸びる柔らかな光に照らされている。海の上では天使達が輪を描いて並び、温かくも祝福に溢《あふ》れた絵である。

「余計なことをしてくれますね……」

そう声にしたのは、絵の向かい側、壁一面を埋める帳《とばり》の下に置かれた簡素な椅子に座り、金糸による鳥の刺繍が施された純白の綿布に身を包む人物である。彼に関する情報は、公安調査庁の資料の夕行のファイルに収められている。戸籍上の姓名は不詳、明らかになっているのは名のみ、高敏《たかとし》。神祖教八八代目の教祖である。

彼の脇で光る画面の向こう、衆議院本会議場からの中継では、第一〇九代和国内閣総理大臣・竹内幸雄による所信表明演説が行なわれていた。議場に賛辞の方が目立つのは久しぶりのことである。高敏にとっては、はなはだ面白くない光景である。

「内閣総辞職とは思い切ったことを」

議場中段にある空席にその立役者、前首相・藤原隆行の氏名が寝ているのを見つけて、睨み付けた。冷熱の混ざったその視線は、本人が居たなら、八〇〇キロメートルの距離など物ともせず射《い》竦《すく》ませることができたであろう。

(お陰で、中部総監が渋りだしてしまいました。これでは、近畿総監もどうなるか分かったものではないですね)

散々にひらひらと弄ばれた紙片が、最後にクシャっと潰され、床へと転がった。哀れ。

(浮き世の人間が権力にしがみつかぬとは)

高敏はすっくと立ち上がると左へ数歩、端末の前に立った。そのまま細い十本の指を踊らせると、幾つかの情報が画面に上る。

「次の駒は……」

画面には顔写真、姓名、連絡先、職業、段階といった欄のある表が開かれている。信徒の名簿の様である。

人選を終えると、再び簡素な椅子へと腰かけ、脇に寄せていた卓を引き寄せる。その上には一組のインク瓶に羽ペン、一綴《つづ》りの紙の束が置かれている。そこからペンを摘み上げると、真新しい紙の上を一気に走らせた。

数分後、力強い署名を添えられた三通の封書が高敏の元から放たれた。

「終わらせはしませんよ、このままでは。このままでは……」

第三章　京への旅路

十二月十九日午前九時、首相官邸。

「これが、君の望んだものだ」

そう言って男は、目の前に立つ男に一枚の紙片を差し出した。

「確かに、承りました」

差し出された方は、それを恭しく押し戴いた。

両者ともきちんとスーツを着、ネクタイをしている。差し出した方は白のシャツに黒のスーツ、そして二藍《ふたあい》のネクタイ。それを受けた方は白のシャツに黒橡《くろつるばみ》のスーツ、そして紅のネクタイである。

「どういうつもりかね？」

三十年来の念願であった椅子にしっかりと腰掛けた竹内幸雄が、机を挟んで立つ相模　晋に聞いた。

竹内がその椅子を手に入れたのは三日前のことである。敵が少ないということでは政界でも屈指であった藤原の退陣は、一部の者等にとっては、充分に嘆きに値した事件であった。しかし政界の大半、中でも民自党は、新たな総理大臣の選出に向けて票固めに迅速に動いた。そして十二月十六日、第一〇九代和国内閣総理大臣・竹内幸雄の誕生となったのである。

ちなみに民政党は、今回、閣外協力という形を採っている。政府首脳に、民政党議員の名前はない。

「他に思い付きませんでしたから」

「それが内閣総辞職か？」

「はい」

還暦の年にこの世の栄華を迎えた竹内は、四〇前の相模を値踏みした。

(今は亡き足立《あだち》の翁の後継にして、民政党党首。そして前文部科学大臣。……何とも計りかねる男だ)

権力の頂点を目指してこの三十年の月日を過ごしてきた竹内にとって、大臣の地位を自ら放り出したという相模の行為は、理解し難いものであった。国会議員が大臣の地位を手に入れるには、当選回数等の相応の実績が必要なのである。民間人であれば、自他共に評価する程の事業の成功を収めた後の名誉職と言えよう。そういうものであるはずの大臣の地位に若輩者の相模が就けたのは、政党の党首にあるという特殊な事情からであり、極々稀《まれ》なことなのである。

しかしこの男はそれを、手土産にするためにと、捨てたのだ。それはまるで、いつでも手に入れる自信があるとでも言うかの様であった。

「君の中では、随分と大臣という地位に対する評価が低いように思えるのだが？」

竹内の言葉に、相模は、驚いた顔をして首を横に振った。

「まさか……。現内閣の閣僚の方々は、どの方も優秀な方ばかり。私程度が務めさせて頂けたのは、単に巡り合わせが良かっただけのこと。過ぎたことをしていたものだと、今では身を縮めるばかりです」

「謙遜《けんそん》だな。ここは、運だけでやっていける程甘くはない」

「いえいえ、私など…」

「私は、君を高く評価しているのだよ。君が運ばかりの無能者なら、あの足立の翁が後継に指名するはずがない」

「お褒めにあずかり恐縮です」

そう言って相模は恭しく頭を下げた。

その表情を覗き込むかの様に、竹内が身を乗り出す。

「今や、……君の力は誰もが認めている。そうせざるを得んのだよ。結局、前内閣は藤原君の体調不良があるまで、持ち堪えてみせたのだからね」

「……」

「それを支えていたのは、紛れもなく君だ。だから驚いているのだよ。それ程の男が、大臣の地位を引き替えにして、死地へ赴こうとするのにね」

「………」

「……もう少し、賢いやり方もあったのではないかね？」

「いいえ。やはり、買い被りだったのでしょう」

「フッ……」

頑《かたく》なな相模に、竹内は軽く笑った。二回りも年下になる相手の様子が、ひどく子供染みて見えたのだ。

首相は椅子に掛け直すと、話題を変えることにした。これ以上は、無駄な遊びにしかならないと踏んだのである。

「説得はできそうかね？」

相模が近畿管区隊本部基地へ派遣されることは既に決定していた。今彼は、その辞令を受け取ったのである。出発は三日後の二二日である。

だが、その政治的扱いは微妙なものであった。辞令の表には、『和国内閣総理大臣特使』と記されている。しかし、今日この日までそのことが報じられたことは無く、またこれからも無いことになっている。現にそれを受け取った場所は、一人として報道関係者のいない、この首相執務室である。同席者も、竹内の第一秘書官・日向《ひむかい》修二《しゅうじ》、内閣官房副長官・大石《おおいし》麻奈美《まなみ》の二名だけである。これは、相模は正式な使者ではあるものの、一握りの人間しか知り得ない機密事項であるということを表していた。表向き、相模の行動は、有志による説得工作という扱いなのである。

こういった扱いに至ったのは、多分に派遣先の性質に因るものである。近畿管区隊は、和国からの離脱を宣言している。見様によっては独立したとも言えなくもない。となれば、一国の首相が正式に使者を送るのは自然な、むしろ当然な形である。しかし政府は近畿管区隊の独立など認めておらず、あくまで一部制服組による暴発として扱っている。故に、相模の近畿派遣計画が出された時、政界の実力者から「特使というのは、如何なものか」との声が挙がった。それに対し、相模は「こちらから礼を尽くすのが交渉の第一歩」であると食い下がった。そして落ち着いたのが、この扱いであった。

新首相の問いに、相模は淡々と口を開く。

「向こうの覚悟の程度次第だと思います。こちら側でできるものとしては、最も大きいアクションを起こしたつもりです。しかしだからと言って、それが向こうにとって物の数となるかどうかは、向こうの勝手の内ですから」

「随分と頼りないことを言ってくれるではないか」

相模の言葉は、竹内には不満なものであった。内閣を一つ潰しておいて駄目だったでは、名実共に備えた内閣の誕生でようやく持ち直してきた政界への信頼が、再び墜《お》ちることになる。

そんな新首相の気持ちを知ってか知らずか、応える相模は口調を崩さない。

「相手もまた考える者ですから、とても大言壮語を言える気分にはなれません」

「そうか……」

それだけを漏らすと、竹内はつまらなそうに自分の椅子へ身を沈めた。

「そろそろよろしいでしょうか？何かと準備がありますので」

「ああ、そうだな。下がって良い」

相模はやや深めに頭を下げると、主人の代わった首相執務室を後にした。


執務室を出た相模は、すぐに一人の若い記者につかまった。

「党首！よろしいですか？」

「歩きながらで良ければ」

歩を緩めることなく、相模はそう応じた。

「今日は、どの様な御用件で官邸へ？」

「閣外協力とはいえ、与党ですから。今後の政策について色々と。詳細は、いずれ総理の方から話されるでしょう」

「そこがお聞きしたいんです！」

若記者の声が廊下に響く。相模は声の大きさに嫌な顔をしたが、若記者は気にもせずに話し続ける。

「藤原内閣の折には、文科相に就かれていましたよね」

「……ええ」

「しかし、今度は閣外協力にとどまっていらっしゃる。情勢としては、総選挙も行なわれていませんし、変わらないと思うのですが。この違いは?」

「藤原氏と竹内氏とでは至近の陣容が違います。その違いが、民政党に対する相対的な評価の差として出たのでしょう」

「なるほど」

若記者はきちんとメモに控える。

「藤原氏が辞職される直前に、党首は一緒にいらしたそうですが?」

「ええ、いましたよ」

「その時の様子は、正直な話、どうだったんです?」

一瞬。相模は、歩を止める衝動に駆られる様なこともなく、そのまま歩き続けた。それは若記者の意図から外れたものだったらしく、遅れかけて慌てて歩を早めた。

「何が聞きたいのですか?」

「前日まで御元気でいらっしゃったのに、急に入院というのはおかしくありませんか?」

「そうですか?」

「はい。何かあると思えてなりません」

「毒を盛られたとか？」

「いえ、…」

「仮病とか？」

「……」

「君は。藤原氏を疑っているのですか？余程の確証がなければ、聞き過ごし難いことだと思いますが」

「いや、しかし……、しかしですよ」

「君は、首相になったことがありますか？」

「は？」

「ありますか？」

予想外ながらも答えが当たり前の問いに、若記者は気勢を削がれた。

「……い、いいえ。ありません」

「私もありません。ですが、閣僚に就いた経験上、ある程度想像はし易くなりました。常に一億もの人間の生活を考え、その決断を迫られる。

堪らないですよ、普通…」

「はあ……」

「首相就任は、もう少し早くても良かったでしょうに、あの方はえげつないことが御出来にならない。加えて、もともと生真面目な性格でいらっしゃる。懇意《こんい》にして頂きましたからね。何度か、裏で感情を爆発させておられるところも目撃しました」

「……なるほど」

若記者のトーンが下がる。

「まあ後は、推して…」

『!!』

冬の晴天を突《つ》ん裂《ざ》く音。

「………」

「………」

突然の事に二人はその場に立ち尽くし、互いに顔を見合わせた。

「今の……は?」

「爆音ですね」

「………」

「行かなくて良いのですか? 多分、君は一番近いですよ」

「……あ! はい。えーと……、失礼します」

若記者はぺこりと頭を下げると走り出した。随分と不規則で軽々としたパンプスの響きである。あれで、無事に目的地へ辿り着けるのかどうか。一方の相模は、その場で一度深く呼吸をすると、しっかりとした足取りで官邸の正面玄関をくぐった。

玄関の前では、衆議院議員・相模　晋の私設第一秘書・本上　明が、黒いワンボックスカーを従えて控えていた。

「お待ちしておりました」

「ああ」

相模は、秘書によって開けられたドアから自動車へ乗り込んだ。本上は、車の前を回って運転席に乗り込む。

「今のは？」

「爆弾です。場所は法務省ですが、行かれますか？」

「いや、起きた後では何もすることがない。邪魔にしかならんだろう」

「では、事務所の方へ」

「そうだな」

本上は、わずかの振れも感じさせることなく車を発進させた。

現在、普及している自動車のほとんどは、自動制御で動いている。道路と車体とに埋め込まれたセンサーからの情報を元にして、制御中枢を積み込んだ各車体が、人間に代わって、目的に対し最適な判断をするのである。

採用の当初は、制御機能に対する不信という深刻なものから、自分で運転する快感の欠如に対する不満というものまで、様々な理由によって普及が進まなかった。が、二四時間、三六五日休み無しで走り続けることが可能になることから、物流業界による界を挙げての支援が功を奏し、二〇年代の半ばには高速幹線道路に、三〇年代の末には地方の主要道路にまで完備されるに至った。現在未整備なのは、生活道ぐらいのものである。

このことは、次の三組の効果をもたらすことになった。一組は、自動車事故件数の飛躍的な低下と一件の事故の大惨事化。もう一組には、移動主体の小型車と居住性を追求した大型車との二分化。そして、免許取得者数の低下と超高度運転技術修得者の増加である。

ちなみに、相模の乗っているワンボックスは居住性を追求した物であり、ちょっとした事務所並みの情報収集機器を積んでいる。当然にそのエネルギー消費量は高く、自動制御中枢は機能していない。従って、本上は超高度運転技術修得者である。一般論から言えば、主人のわがままで、そうならざるを得なかったのだということになる。が、車で故意に突っ込んでくる不届き者に対するにはこの方が良いと、この良くできた秘書は考えている。

車は、富士の灰が薄く積もった交通量の少ない道を、スムーズに走った。この時間で道が空いているのは、制御機能は充分に当てに出来る状態にまで回復しているのだが、いざということを考えると尻込みしてしまうためであろう。

国立国会図書館と最高裁判所との交差点に差し掛ったところで、本上は後部座席で端末を弄っている主人に聞く。

「何か分かりましたか？」

「爆破地点は三階」

そう答える相模の左耳に、ヘッドフォンが当てられている。警察無線を盗聴しているのである。無論、非合法。

「……情報管理局ですか？」

「機能は、各州にある物を集めれば、すぐに戻るだろう。二人が戻れなくなったが…」

「……他には？」

「時限か遠隔だったのだろう。初動で解るのはこの辺りまでだな」

「厄介ですね」

「何とかするさ」

車は、民政党本部の入っているビルの駐車場へと入った。本部といっても、新生少数政党に大きなものを構える余計な力などなく、味気ない八階建てビルの内の三フロアでしかない。

「揃っているな」

ビルの四階、耐震基準を辛うじて満たす程度にまで壁を取り払って作られた集会室。党首は、その室内を見渡した。総勢三十六名。民政党の中核をなし、政策業務のほとんどを遂行する者らである。

「トモがいるからこれで全員でしょう」

そう応えたのは幹事方・有馬希一《ありまきいち》である。

「良し」

と、党首は当たり前のように応じた。傍目から見れば充分に失礼な遣り取りなのだが、ダシに使われた当の本人、友野公介《とものこうすけ》は気に留める風もなくニコニコとしている。遅刻の常習犯であることを自覚している友野にとっては、珍しく自分が間に合ったことを意味しており、心地よい会話なのである。

党首は、皆の前に置かれた簡単な演壇の上に立った。本上がその脇に控える。

「忙しいところ感謝する。早速本題だが……。今日は、近畿管区隊への説得工作について、皆に話しておきたいことがあって集まってもらった」

「それは、相模さんのお仕事では?」

永江和代の声である。他にも同じ疑問を持った者がいるらしく、何人かがその声に首肯いて見せた。

「確かに、説得自体は私の仕事だ。しかし、その影響が私個人にとどまってくれるかが怪しくなってきた」

「どういうことでしょうか？」

「うん。もう知っている者もいるだろうが、先ほど法務省の情報管理局が爆破されたんだ」

「まさか…」

有馬が声を挙げる。

「実行犯はまだ解っていない。が、近畿と切り離す理由は薄いと思っている。その上、自分の選挙区のことながら、ここ数ヵ月は詳細な情報が入って来ていない。正直、京の現状がどうなっているのか分からない。つまり、私自身が京にどう迎えられるかも分からないということだ」

「それ程のことかしら？」

永江が聞く。

「私の取り越し苦労かもしれない。しかし分かっているだけで、すでに死者が二人出ている。事故や災害ではなく、人為によるものでだ」

『……』

相模の言葉に、室内が緊張した。

「…我々は、今、そういう状況に臨んでいるのだという覚悟をして欲しい。どの陣営がどう動いているのかは分からない。しかしこれまでの経緯上、ここも行為の対象となっていると見ておく必要があると思う」

党首の言葉に、何人かが神妙な面持ちで首肯いた。

「向こうに行けば、最悪、こちらへ何の働き掛けもできなくなるだろう。その際には、それぞれに自己で思うように動いてもらいたい。二年、中には五年の間を共にし、皆の力量は良く分かっているつもりだ…。

何も、倒れる時を共にする必要はない」

「それは、党の解散ということでしょうか？」

永江が問い質すような口調で聞く。

「党首にその権限はない。解散は、あくまで党員の決議による。が、それを視野に入れて行動してくれて構わない。

民政党党首・相模　晋は、以降、全党員の行動を拘束しない」

「勝手ね」

「自覚の上です。惜しむべき人材を活かす手立てが、他に思い付かなくて」

「……そう」

「では、また縁があれば」

もはや名だけとなった民政党党首は、本上と連れ立って集会室を後にした。

党首の意向はその日のうちに全党支部に伝えられたが、党解散決議案という言葉が上がることはなかった。

十二月二二日午前八時四五分、東京駅。

八十年前の地震を教訓に、国家支出による再工事が行なわれた鉄道は、もう回復していた。

が、

「……眠い。寒い」

朝六時に起こされては、まだ十才のわたしでは寝足りないのが当たり前なのだ。それも冬休み…。そう、今は冬休みなんだ。始まったばかりで忘れるところだった。冬休み、東京駅、普通なら少しくらい早くても、寒くったってガマンできる。かえってうれしいくらいだ。

でも今朝の早起きは、スノボに行くためでもなければ、温泉に行くためでもない。まして、常夏の島でバカンスというのでもない。

「チチッ」

向こうのホームにいた小鳥が、入ってきた新幹線におどろいたのか、飛び立った。それをたどって空を見上げる。

（高いなー）

大都市東京でも、冬の晴れた日は、まだ朝だし、宇宙まで抜けるかのように澄み切った空色になる。

開いた首元に冷たい風を感じて、思わず白いうさぎみたいなコートに首を埋める。そしてつぶやいた。

「これで、お見送りだもんな……」

今日は、母がごシュウシン中の国会議員・相模　晋さんが、京都の事件を収めるために説得に行くというので、そのお見送りにきたのだ。ちなみに父は、いつも通り母の見送りなしで、今ごろ会社に行ったと思う。

（わたしも、将来こうなるのかな……）

と不安に思った時、

「皆さん！いらっしゃったわよ！」

小母様が一人、階段からホームへとかけながら叫んだ。

そう、お見送りはうちの母だけじゃなかったりする。今日は三十人くらいだろう。ということは三十戸、違った二十五戸くらいが、母親のいない朝を過ごしたことになるんだろう。五つの差は、女子高校生のお姉さん達の分だ。

「キャー!!」

母いわく『女子校のノリ』が始まった。

「キャー!!」

「こっち向いてぇ!!」

「晋様ーぁ！」

小母様達のアイドルが、そのお付きの人達と一緒に、ホームへと姿を見せた。さすが元大臣、先払いまでいる。

(…きれい)

まだ高くない冬の透明な日差しに照らされて、小母様達の作る列の間を歩いていく晋さんを見て、わたしはそう思った。

着ている物といえば、シングルの黒のロングコート、明るい発色の灰のマフラー、黒の革のくつ。足元にのぞいているのから想像するとコートの下は暗い色合の灰のスーツだろう。ブランド品かもしれないけど、別に珍しいデザインではない。

(うちのお父さんじゃ、こうはならないな)

やっぱり、中身が違うのだ。小母様達に応えて振るその手は、すごく寒いのに、手袋をしないでいる。寒さでほんのり赤みを帯びているのが分かる。

ぼーっと見ている内に、集まりはするもののれいぎ正しく並ぶファンの間を通り抜け、晋さんは新幹線に入ってしまった。

「キャア！」

お見送りは終わりという感じになりかけたところで声が上がった。こちらの期待に応えてくれたのか。晋さんが窓側に来てくれたらしい。わたしも母とそこへ行ってみると、窓側の席に、晋さんと秘書らしい若い男の人が座っていた。さっきは気付かなかったが、この秘書さんもカッコ…

「かわいい！」

……かわいいらしいお姉様達には。

そのまま見ていると、晋さんは秘書さんに何かを頼んだ。紙とペンだったようだ。晋さんは、受け取るとすぐに何か書き上げ、それをこちらに見せた。

「…お子さん…気をつけて?」

『プルルルー』

発車のベルが聞こえてきた。

「摩弥！早くいらっしゃい！」

お子さんとは、わたしのことだったらしい。わたしは、晋さんにペコリと頭を下げると、ちょっとだけ慌てて白線の内側に入った。そんなわたしに、晋さんが手を振ってくれる。

九時ちょうど、晋さんを乗せた新幹線は、東京駅を後にした。わたしに、ちょっとしたじまんのタネを残して。

同日午前九時、首相官邸執務室。

「無事、東京駅を出たとのことです」

携帯電話をしまうと、竹内幸雄の忠実なる部下・大東和成が上司に報告した。

「行ったか……。全く思い通りにならぬ男だ」

十九日の法務省爆破事件により、その最重要参考人となった近畿管区隊との交渉工作は、当然に疑問視された。しかし、真犯人としての確証が無いという論理と相手が武装集団であるという脅威を挙げて、相模は対陣を封じてしまった。竹内も、官邸に呼び出しはしたものの、結局は予定通りに進めるよう、言うしかなかった。裁判は証拠が出揃うのを待たなければならないが、政治で物を言うのは呼吸である。ここで相模特使を潰したとして、再び別の機会あるいは人物を立てられるかは怪しかった。犯罪としての追及は、後日でもできることなのである。

「連れ戻しますか？」

「馬鹿を言え。それで好戦的な首相とでも噂されては、この椅子を手放さなければならん。そうして次にここに座るのが門田か？　笑えぬ滑稽《こっけい》話だ」

お気に入りの肘掛けを叩きながらそう言った上司に、

「確かに」

と、和成は躊躇《ためら》いもなく応じた。和成から見れば、門田は声が大きいだけの人物であり、目の前にいる計画の深い上司との差は歴然としていた。

「まあ、あの男に功績をやるのは面白くないがな」

「それぐらいは良ろしいのではないでしょうか？」

それに答える代わりに竹内は聞く。

「君には、あの男がどう見える？」

「腹に一物《いちもつ》抱えている様には見えます。しかし、それは少しばかり野心的な者であれば、珍しくはないものと思われますが」

「そうか……」

「閣下は、そうは御感じになられないのですか？」

本来なら出過ぎたことであろうが、和成は、自身と年齢の近い民政党党首に対する上司の評価が気になった。

「私には、もっと厄介な者に見える時がある。一物程度で済めば良いが……」

「そこまでの男でしょうか？」

「そう思える」

「得体が知れないとは思いますが」

和成が不満げに言うのを上司が継ぐ。

「そこが問題だ…。『異質』で得体が知れない、というのであれば何とでもなる。だが、大き過ぎて『底が』知れないというのを計り間違えて得体が知れないと見ていたとなれば、それは大事になりかねん」

「なるほど」

「今の私があるのは、それを見誤らなかったからなのだよ。三十年前、君のお爺様に会った時、私は自分の物差しでは計り得ない方なのだと直感した。そして、対することなく、後へ付く道を選んだ。

長かった。本当に……」

「………」

和成は、感慨に耽る上司を待った。

「しかし、私は生き残った。覚えておくと良い。人物眼は、ここでは身を佑《たす》くものなのだよ」

上司の言葉に、部下は思い詰めたような顔をした。その素直な反応に、上司がその考えを察する。

「君は、戦争がしたいのかね？」

「い、いえ。決してそのような…」

自分が考えることなど、簡単に見通されるものであるらしい。相模特使には今なお反発が強い。一声掛ければ、祖父の人脈によって、実働要員はすぐにでも集められるのである。

「それを聞いて安心した。今回は、あの男に任せておけば良い。何でも掻き回せば良いというものではない。その様な者は、門田だけでたくさんだ」

「……はい」

和成の返事に、上司は満足気に頷いた。

(流石《さすが》、あの翁の孫だ。人の言葉もよく聞ける。きっと大成するだろう。しかし、……それでもあの男に届くだろうか?)

竹内は、愛する民自党の先を思いやり、いささか面白くない不安を覚えた。

相模を乗せた新幹線は静岡を過ぎていた。

四ヵ月前なら、澄み切った空を背景に、冠雪した富士の壮麗な姿が眺められただろう。が、今日は、黒煙を上げる勇壮な姿がその煙の間から垣間見えただけであった。

「惜しいな」

「あれはあれで、迫力があって良くありませんか?」

「噴火の瞬間ならそう思ったかもしれないが、あれだと切れが悪いだけに見える」

「しかし煙がないと、かえって不気味ですよ」

念のために言及しておくと、彼らは観賞物としてのみの評価をしている。当然にあの富士の下で喘《あえ》いでいる人々の存在は念頭にあり、今は、それを敢えて隅の方へと寄せているのである。今から駆け付ける体力もあるが、それでは、政治家・相模　晋に求められている役目を放り出すことになるではないか。

二人の会話を、戸を引く音が止めさせた。

「お、読書かね？」

相模と本上のいるコンパートメントにやって来たのは、衆議院議員・村瀬静夫《むらせしずお》であった。民自党竹内派の中堅に位置し、竹内の推薦で今回の随行員に組み込まれた人物である。何かと自分の影響力を誇示したがる性格であるらしく、立場と経験上の優位から、東京駅では相模の前で風を切っていた。そのために一〇歳の少女・摩弥には先払いと呼ばれることになっていたりするのだが、まあ知らない方が良いこともある。

さき、……先輩の声に、相模は膝の上のハードカバーを閉じると、その本を隣に座る本上に預けた。

「はい。まだまだ勉強不足ですから」

村瀬は、相模のやや右の前方に座った。

「元閣僚にそう言われては、私の立つ瀬がないな…。そうか、さっきの見送りは、そういう君の日頃の努力の表れか」

「諸先輩方の前でお恥ずかしい限りです。しかし、私の場合は、物珍しさから来ているものですから」

「そうかねぇ」

「本当の実力者とは、先生の様に当選回数を五回六回と重ねていらっしゃる方のことではありませんか」

「うむ……。

まあ、それはそれとして、説得に自信はお有りかね？特使殿」

村瀬が余裕の笑みを浮かべる。

(その辺りか…)

村瀬の意図に見当をつけたものの、相模は「特使」のことは聞き流すことにした。

「無くはありません。天秤に掛けたものがものでしたから」

「……なるほどな」

「ご不満ですか？事態が収まるのは」

「い、いや…、いやいや決してそんなことはない。我々としても、これ以上の長期化は避けたい」

村瀬が慌てる。と、相模は追い打ちを掛けることにした。満面の笑顔を作ると、

「そうですか。政界最大勢力の意思を確認できて安心しました」

と言い放つ。

「う、うむ……」

村瀬は、自分の力を誇示するのに相応しい相手を見誤ったことに、ようやく気が付いた。

『…』

人為的な静寂。室内へ微かな緊張感が流れ込んでくる。その元は、……扉の間近。

相模は、意識を目の前の人物から部屋の外へと移した。両者の重要度の差は歴然であった。

同じものを感じ取ったらしい本上が、主人の耳元に囁く。

(申し訳ありません)

(気にするな。向こうがうわ手なのだろう)

(関係あるでしょうか?)

すっかり立直った村瀬は、居心地悪そうにこちらを見ている。

(…ないだろうな)

踏ん切りが付いたらしい村瀬が立ち上がった。

「動くな！」

思いがけない無礼な言葉に、衆議院議員・村瀬静夫は怒鳴り返そうとし、

「貴……。いえ、何でもありません」

失敗した。扉を塞ぐようにして立つ三人の侵入者が、拳銃を構えていたのだ。

(外にも何人か)

(ああ)

本上の報告を聞き届けると、相模は、両の手を挙げた。本上もそれに倣う。騒いでも仕方がない状況である。

(……US‐68とは、またベタな物を)

六〇年代の末、中央アジアで生まれたその銃は、構造を極限まで簡素化し、『理想が生んだ芸術品』とまで呼ばれる物である。が、さすがに公務員が使用するほどの精度は得られず、専らテロリストの簡易、もしくは強盗犯の基本装備という地位を占めるにとどまっている。勿論、今いる新幹線のコンパートメントといった至近距離では、精度など問題点に挙げられず、純粋な殺傷力である。

侵入者らは、何処に居ても目立たないよう配慮されているのだろう。何の変哲もない服装に、特徴の薄い背格好、いわゆる中肉中背である。年齢は、本上と同じくらいだろうか。

「君らに上司はあるのか?」

「相模　晋、我々と共に来てもらう」

リーダー格らしい、やや後ろに立つ女がそう言った。

(答える気なしか…)

心の中で舌打ちしつつも、相模は、女に言われたままに立ち上がった。

すると、侵入者の一人が動いた。

「明！村瀬先生がいらっしゃる。控えろ」

「……はい」

相模の命に、腰を浮かしかけていた本上は再び座った。

「……私が、行けば良いのだな」

「そうだ」

「他に危害を加えないこと。それが条件だ」

「いいだろう。こちらも騒ぎにはしたくない」

相模は、視線を女に置いたまま告げる。

「だそうです。村瀬先生」

「な、何だ？」

「他に仲間がいるようです。このまま京都に向かってください」

「……」

「人命第一です」

「……分かった。そうしよう」

村瀬が首肯く。

「明、お前もこのまま京に行け」

「しかし…」

「命令だ」

「………。はい」

「当てにしている」

最後に秘書にそう言い残した相模は、手を挙げたまま、侵入者らの方へとゆっくり歩き出した。

「できた秘書だな」

「そちらも大したものだ」

やって来た相模とそれだけ交わすと、女は踵《きびす》を返す。と、すぐに一人が相模の後に付き、残りの一人が本上を牽制する。

(本当に大したものだ…)

相模が通路へ出ると、両隣の部屋を抑えていたのであろう、さらに四人の男女が一行に加わった。

通路にいたはずのSP等は、倒れているか姿が見えなかった。微かな血の臭いが鼻を刺激する。

「殺したのか?」

「想像に任せるよ。特使殿」

女の不誠実かつ不穏当な答えに相模は肩をすくめた。

（つまらない旅になりそうだ。……明に渡すんじゃなかったな）

楽しい会話を諦めた相模は、ここに来て、読みかけのハードカバーを惜しんだ。それは、古代中原の覇者・曹操の生涯を綴った半世紀程前の名著を、その筆者の孫が現代語調に手を加えたという物で、内容の確かさと読み易さから人気を博している。移動時間という限られた中では、重宝するタイプの読み物だ。


午前一〇時三六分、名古屋駅着。

何処に居ても目立たなくなった七人と何処でも目立つ一人との一行は、冷たい風の吹き抜ける高架のホームへと降りた。

（こうまでして私に会いたがる人物とは、何者かな？

……いや、消したがる人物かもしれないな）

こうして、相模　晋は拉致されてしまったのである。


「そろそろ着いた頃かな…」

馴染みの時計を見つつ、病床の夫が言った。

「九時発でしたら、着いた頃でしょうね」

隣で、見舞いにもらった花を整えながら、妻が応えた。

冬ながらも温かいと感じる日差しに照らされた病室の夫妻は、前首相・藤原隆行とその妻である。

「気になりますか?」

「……うん。まあね」

「そうですか」

妻の声からは幽《かす》かな不満が感じ取られた。

「不満かね」

「はい」

「相模君を心配することがかね?」

「いえ。何にでも気を回す、あなたが」

膝の上に両の手を添えられてそう言われ、夫は目を逸らした。妻の態度にハッとする新鮮さを感じ、照れ臭くなったのだ。

「私……、あなたが総理を辞められて、ホッとしてるんです」

「順子《よりこ》?!」

今日は、妻に驚かされてばかりである。

「それは、あなたが皆様に応援されるのは嬉しいんです。総理大臣に成られた時は、本当に嬉しかった」

「順子……」

「でも、……でも総理に成られてからのあなたは、いつも眉間に皺を寄せて、……どんどん険しい顔になられて。夜も深く眠られなかったみたいで、心配だったんです」

「……」

夫には返す言葉がなかった。申し訳なかったのだ。指摘された通りに、毎日が手いっぱいという日々。せっかくの妻の気遣いも、視野の外のことであったのだ。

「ごめんなさい。こんなことでは、政治家の妻としては失格ですね」

そう言って妻は笑う。夫は思わず妻の手を取った。

「そんなことは……、いや、そうなのかもしれない。だが!……だがね。私には最高の妻だ」

「……ありがとう」

この夫妻にとって、このような会話は久しぶりのことであった。

夫は、ふと思いついたことを口にした。

「旅行にでも行こう」

「あなた……。

お気持ちは嬉しいですけど、そんなできない約束は…」

「できる」

夫は自信ある声で、妻の言葉を遮《さえぎ》った。口に出したことで、思いつきが急に現実味を帯びてきたのだ。

「…首相を辞めた以上、頭の地位を手放すことは決まっている。国会もしばらく静かになるだろう」

「でも…」

「この際、高子《たかこ》か安明《やすあき》君に継いでしまうのも良いかもしれない。もう私が持っていても、持て余すだけなのだろう」

「あなた……」

「うん……」

妻の手を握りながら心の安らぎを確認した老政治家は、まだ走り続けるであろうあの美しい若者のことを思った。

（確か、彼は未だ独身だったな……）

同日午前十一時十四分、京都駅。

ホームへ降り立った本上は、村瀬衆議院議員に、この四十分程でまとめた決意を告げることにした。

「村瀬先生」

「何かね?」

「以降の近畿管区隊への説得工作、よろしくお願いします」

「ふむ。……席次上、やむを得まいな」

村瀬は、さも当然と言わんばかりの鷹揚な態度で、頭を下げる本上に答えた。

「お願い致します。私はこれで」

そう返すと、本上は駆け出そうとした。

「ちょっ、ちょっと待ちたまえ。何処に行く気だ?」

村瀬が止めると、本上は勢い良く振り返った。その勢いは、村瀬を後退りさせたほどであった。

「私は、相模　晋の私設秘書です。また秘書とは議員のために最善を尽くす者である、と心得ております」

「道理だとは思うが、相模君のことなら、警察に任せておくのが良かろう。我が国の警察は優秀だぞ」

「それは警察が尽くす最善であって、私個人が尽くすべき最善ではありません」

「君個人…」

「そして、現状における私個人の最善とは、村瀬先生と御同行することではないと思われます。従って、ここでお別れです」

「……なるほど」

「失礼致します」

勢い良く頭を下げると、本上は改札口へと駆け出した。今度は、村瀬は止めなかった。説得させられたためと言うより、圧倒されたためと言う方が正しいだろう。

正直、本上には、自分等の置かれている状況が把握できずにいた。ただはっきりしているのは、唯一人の主人、相模　晋が何者かによってさらわれたことだけである。従って、信頼できる仲間が必要であった。絶対の信頼を寄せられる仲間が。そして、彼にとってのそれは村瀬衆議院議員でもなければ、州警察でもなかった。特にここ、京都においては。

新幹線中央口を通り、観光案内所の脇を抜け、三年前に純和風の外観へと改装された京都駅を飛び出した。ホームからここまで文字通りの全力疾走である。

駅中央口の報道陣は、交渉団を待っているものだろう。知人に見つかると面倒なので、タクシー乗り場には行かず、反対方向の下京区役所の方へと向かう。と、塩小路通に出たところで、直ぐにタクシーを拾うことができた。

「どちらまで?」

「壬生《みぶ》へ、お願いします」

「承りました」

運転手は、丁寧な足取りで車を滑らせた。

（当てにしている……）

主人が最後に言った言葉を、本上は、最大限の許容範囲でもって理解していた。仕事を押し付ける言葉は何度も聞いたことがあるが、今日の言い回しは初めてのものだった。

（私にできる全てのことをする）

本上にとって今は、ありふれた秘書に成り果てるか、掛け替えのないそれになるかの大きな分かれ目である。


本上が京都に着いた頃、公安調査庁長官によって一件の最重要参考人と目されている人物、神祖教教祖・高敏は『場』にいた。

神祖教総本山にある教祖のための白亜の宮。その東側に位置する自室から、さらに区分けされた小部屋。日常の側にいる人々の生活から見れば浴室なのであろうが、湧き水を直接に引いてきたそこは、教祖のみが禊《みそ》ぎを執り行う最も神聖な所である。

（変わらないですね。この感覚だけは……）

高敏は、程よく冷えた水を全身に浴びていた。最初は身を刺していた冷たさが、段々と火照りをもたらす。そして訪れる恍惚《こうこつ》感。

物心付いてからの十五年間は宮の脇で、その後の十年間はこの部屋で、一日も欠かすことなく、禊ぎを続けてきた。最初の内は教祖候補としての義務からやっていたが、今は、邪気が流れ、身体がすっきりと軽くなるのを好ましく思っており、日に何度も行なうこともある。

『場』を出ると、用意しておいた真新しい綿布を自分で身に纏い、古い方を手にして自室へ入った。

高敏の部屋は、贅沢を嫌悪しているのか単に興味がないだけなのか、壁や柱には彫刻による装飾がほどこされているものの、置かれる物も少ない簡素なものである。ただ南側に六枚並んだ大きな窓は、決して狭くない部屋の全てを照らせるだけの陽光を取り込んでおり、目を引いた。そこから見渡される景観、原始のものと思われる雑木林に覆われた山々の姿は、人の手によるありとあらゆる飾りを陵駕《りょうが》する贅沢であるかもしれない。

中央に配されている寝椅子に落ち着くと、手にしていた綿布を脇のテーブルへ預け、手元の呼び鈴を鳴らした。

するとそれに応えて、主人が入って来た物とは別の戸から、一人の下僕がやって来た。盆と料理とを乗せた配膳台を押している。下僕は、まずテーブルの上の綿布を恭しく手に取り、それを慎重な手つきで台へと収めた。

そして、念入りにテーブルを布巾で拭くと、そこへ料理を広げた。今日の昼食は、川魚のムニエルに白隠元豆《いんげん》のトマト煮込み、サラダ、そしてロールパンである。食卓を整えると、下僕は部屋を出て行った。

先代の教祖は、下僕等に囲まれて、口元まで匙《さじ》を運ばせるという食事をしていた。そしてその役分につくことが、最も栄誉あることの一つともされていた。しかし、高敏はそれを嫌い、拒絶した。高弟等と対等な席での会食をすることはあるが、その必要を認めない時は、一人で食事をするのが常であった。

主人は、テーブルに置かれた幾つかの皿から、白隠元豆のトマト煮込みの入った深皿を手に取った。銀の匙で一口すくい、口にする。

喉を温かく潤してゆく。

（この世の完成は近い）

高敏のその思いは確信であった。彼が打つべき手はすっかり打ち終えてしまっており、後は水面下で動いている事が終結し、その成果が表に出てくるのを待つだけである。残っていることがあるとすれば、決着を華やかにするための飾り付けぐらいのものである。

（決して、あの方々と同じ轍《てつ》を踏みはしません。我が代において、夢は実りの時を迎えるのです）

第四章　近畿に二頭

十二月二二日午前十一時三十分、京都北山。

盆地という地形状、吹き下ろしの風が強く京都の冬は冷える。が、学校が冬休みに入ったこの時期、この辺りに集まってくる人々には関係ないらしい。若年層に的を絞った店が立ち並び、州立植物園に面する通りは、今日も爽《さわ》やかに賑わっていた。

「どろぼー!!」

冬の北山の澄んだ空気に、一際に甲高い声が、場違いな言葉を乗せて響き渡った。その声のした方からざわめきが流れる。どろぼうらしき人物が逃げているのだ。

「はぁっ、はぁっ、はぁっ……」

余程に必死らしく、ダウンジャケットにジーパンというその男は、怒号も何もなくただ全力疾走している。

（クソっ、あのアマ）

……女の叫び声に戸惑っているだけかもしれない。

が、男は走った。ひたすらに走った。その甲斐あってか、目印としていたお好み焼き屋の角が見えてきた。

（よし、後は原チ…）

「ふぐっ！」

男の欲望は、予想外の、唯一つの蹴撃《しゅうげき》によって粉砕された。

「出るとは聞いていたが、二日目で掛かるとはな」

呆れた様子でそう言って、生真面目な学生を思わせる眼鏡を掛けた男は、足元で呻《うめ》く男の顔を覗き込んだ。

「まだ子どもか」

腹を襲う痛みに呼吸がままならないのだろう。顔を真っ赤にしながら、何とか立ち上がろうともがいているどろぼうは、高校生ぐらいに見えた。

眼鏡の男は、どろぼうの手にしていたバッグを取り上げ、さらにどろぼうの両足を自身の右足に絡めてロックした。姿こそ、神経質に固めた髪に、実用一辺倒の眼鏡、ベージュのジャケットにブラウンのパンツと休日の学生然としているが、その雰囲気は邪鬼を踏み付ける多聞天王である。

「この辺で観念しておけ。潔《いさぎよ》さに欠けるのは、雅《みやび》な町に似つかわしくない」

胸の上の方で必死の呼吸をしつつも未だ逃げようとしているどろぼうの後頭部に、男が告げた。

そこへバッグの持ち主らしき女がやって来て、

「ありが……とう、……ございました」

息の整う前に礼を述べた。

（こっちも子どもか。……世も末だな）

やって来た女子は大人の女を意識した服装をしていたが、せいぜい十代後半だろう。化粧が不必要に厚い。

「これか？」

「はい！ありがとうございます」

バッグが差し出されると、女子は深々と頭を下げて受け取った。

「礼はいらない。これが仕事だ」

「え？じゃあ警察…」

「はずれ。俺は、そこへ引き継ぐまで。

あなたには悪いが、時間を割いてもらう」

そう告げると、男は携帯電話を取り出し、メモリーの二番目の場所へと掛けた。

「…、……」

「もしもし、壬生の者です」

男の口から出た言葉に、足元のどろぼうは無駄に手をばたつかせ、目の前の女子は目を輝かせた。

「……」

「窃盗事件に遭遇。被疑者と加害者の身柄を確保。場所は、北山通りのお好焼き屋前」

「あの、あの…」

女子が電話も構わず声を掛けてくる。二一世紀末、『壬生』の効果は絶大であるらしい。

「はい、承知しました。お願いします」

男が電話を切る。

「あの！」

「ん？」

「壬生って、あの壬生なんですか？」

「そうだ」

電話をしまいながら、煩わしそうに答える。

「わたし、ファンなんです!!」

女子のテンションは最高潮に達したらしい。

（ファンねぇ……）

　壬生。一般的には、京都市中京区にある地名として知られている。が、近年では別の意味が加わっている。

　現在この地には、『ミブロ』という自警活動を主とするNGO団体が居を構えている。同団体は、東の『ガーディアン』と対で語られ、近畿から九州へと展開しているNGO団体の連合体『壬生自警団連盟』の中心でもある。

　この西の雄の本拠という名は京都民の心をくすぐり、単に「壬生」と言った場合、ミブロもしくはその本部詰所を指すようになっている。


「ひ、卑怯だぞ!!ミブロは、そろいのウィンドブレーカーを着てるはずだろ！」

「ああ、見廻《みまわ》りの時はな。歩く駆け込み寺としては、目立たなければならないからな」

「着てねぇじゃねぇか！」

「今日は、お前を捕まえるために紛《まぎ》れていたんだよ。木を隠すなら森の中だ。幕末の狼達と同じ名前を称する俺達の仕事は、見廻りだけじゃない」

「くそっ…」

「そんなに見たければ左京に行くんだな。今頃、浅葱が綺麗だろうよ」

「……」

どろぼうは歯噛《はが》みした。自分は完全に手玉に取られたのだ。前の稼ぎをパッと使わずにいたら、こんな無様なことには。

「郭さーん！」

通りの向こうからの声に、眼鏡の男が振り向く。

「……」

郭と呼ばれた男は、相手の顔を識別すると、軽く手を挙げるだけで応じた。こんな人通りの多いところで、大声を張る気にはなれなかったのである。今でも充分に人目を集めているのだ。

「今、そっちへ行きます！」

少し迷った後、通りの向こうの相手は交差点へと走って行った。

「カク？……カ、カク　ミョングァン！」

「詳しいな」

後頭部から降ってきた言葉に、どろぼうは凍り付いた。

「郭　明観……」

女子の方も表情を緊張させる。

ミブロ一番隊配属、花組特士・郭　明観。二三歳になったばかりのこの青年は、ミブロ新三光に数えられる人物で、団内最強との評価を内外に轟かせている。その名はミーハーとは無縁なものである。

「お疲れ様です」

息一つ切らさずにやって来たのは、一番隊隊長補・小西次郎《こにしじろう》である。

「隊長補も」

「いえ。僕は走り回るのが仕事ですから」

名としては隊長補の方が格上となるのだが、実としては特士の方が上である。団員にとって特士とは、隊長—隊長補—隊士という隊内の上下関係にはない別格である。

「用件は？」

「壬生へ戻れ、と団長からの指示です」

「壬生へ？理由は？」

「分かりません。詳しくは、本部で話すとのことですから」

団員の配置に関わる指示は、無用な混乱を避けるために、まず隊の隊長へ伝えられる。その後の扱いは、隊長の裁量である。

（特士の召集か……）

そう思い至って郭は胸騒ぎを覚えた。ミブロが精鋭を集めるなど相当な事である。

「承知した。隊長補、ここを頼む。すぐに警察が来るはずだ」

「承知」

小西が応じたところで郭は足のロックを解いたのだが、どろぼうは指一本動かさなかった。気概を張る格闘家ならともかく、外の者にとって最強とは最恐ということである。

「観念したのか？」

「折角ですが、すみません」

そう断っておいて小西が、再びどろぼうの足を極める。

「警察と違って拘束具を持ち合わせていませんので、もう少し我慢してください」

被疑者にも丁寧な隊長補に、どろぼうは声もなく何度もうなずいた。

「後は任せる」

「はい。確かに」

互いに敬礼を交わすと、郭は北山を後にした。

郭は、自分が思っていたよりは早く、ミブロの本部のある壬生に入ることができた。

愛馬ＹＴ－１８５を駆って新徳寺の前を通り過ぎる。ここで右に入れば、『ミブロ』の名の由来となった新選組、十九世紀中頃に壬生の狼と呼ばれた剣客集団、の隊士達が供養されている壬生寺に至る。新徳寺から数えて三軒目、京風に設えられた門をバイクに跨がったままくぐる。

「お疲れ様です」

バイクを降りた郭に、本部付の隊士が挨拶に来る。眼鏡を取り、髪型を崩した今の郭は、見た目にも精悍な多聞天王であった。

「もう揃ってるのか?」

「はい。郭さんが最後です」

「分かった」

隊士の尊敬にあふれる真っすぐな眼差を軽く手を挙げてかわすと、郭は早々に玄関へ向かった。

(これは事だな……)

地上二階、地下二階の純和風の建物の中に人の姿が見当らない。一般隊士は、見張りに当てられたらしい、さっきの者だけであるようだ。遊撃隊でもある本部付を払ったということであり、相当の機密性を有する事態の発生が察せられた。

「郭　明観、只今!」

本部建物の奥、中央を真っすぐ貫く廊下の突き当たり、の襖《ふすま》の前で声を張る。

「入りなさい」

応じたのは、張りのある若い男の声であった。

「はっ!」

声に頭を下げた郭は、鯱《しゃちほこ》張《ば》った態度で襖を開けた。向こうに居るのは、郭　明観であっても絶対に頭が上がらない人物である。

頭を下げたまま一歩踏み出すと、そのままの姿勢で口を開く。

「遅くなりました」

「構いませんよ。北山からでは仕方がないでしょう。席に着きなさい」

「今は時間が惜しい」

「本上さん！」

上座から先に応えたのは椎名《しいな》　朗《あきら》、後の方は本上　明である。

二人のアキラは、ミブロ結成当初のメンバー、元祖ミブロ三光である。御歳《おんとし》二七の椎名の方は、ミブロの団長を務めており、二十名と一匹からなる特士隊の隊長をも兼務している。その公正な監督能力と敏腕な経営能力は誰もが認めるものであり、頭脳労働専門の優男ながらも、団内一に敬意を払われる人物である。「笑顔の裏でどんな謀略を練っているか分からない」という、影の評価も一役買ってはいよう。本上の方は、既知の通り、相模の私設第一秘書である。


二〇七九年の四月一〇日、畿州大学講師であった相模は、本上、椎名という二人の生徒と運命的な出会いを果たす。この活発過ぎる三名は、大学周辺に広がる学生街の治安維持活動の実験を目的として、他に八人の人間を巻き込み、自警団を立ち上げる。これがミブロの原型である。京においての相模は、この立役者としてこそ有名なのである。

が、その実験という当てはすぐに外れた。原因は様々考えられるが、多くは主要人物らのパーソナルにあろう。貪欲《どんよく》過ぎたのである。自警団は、その活動に効果が見える度に量と質を拡充して行き、翌年には中京区壬生へと拠点を移した。『ミブロ』という名前を付けるのはこの時である。

そのミブロに目を付けたのは、愚連隊や少年院帰りといったいわゆる非行少年等であった。当然の如くに衝突に至ったが、相模はその全てを興味本位に受け入れ、その世界におけるステータスへと変えていった。多分に行き掛かり上ながら、彼彼女等の更正プログラムをも担うコミュニティー・セクターへと変貌を遂げて行くのである。当の団員等はどうかと言うと、やることを持てたことに充実感を抱いたのか、単に面白い遊びであったのかは俄かに判じ難いところではあるが、ミブロとしての活動を続けた。

そして、二〇八一年七月七日にNGO団体『ミブロ』へと変わり、今や『壬生自警団連盟』の中核を成している。

「逞《たくま》しくなったな」

「恐れ入ります」

きちんとした口調でそう応えると、郭は素早く指定の座についた。

「さて、皆さんもお気付きでしょうが、今日は本上さんが来ています。そしてこれからお話しする仕事は、この本上さんからの依頼です」

椎名の言葉に、一同が緊張する。本上が相模に付いていることは、ここにいる全ての人間が知っていることである。そして、その相模は今や中央政界の要人。一非政府組織に持ち込む外にも、依頼先は幾らでもあるはずである。

静まった中で本上が動く。

「口で説明もできるが、これを見てもらった方が早いと思う」

そう言って映像ディスクを再生する。

「管区隊への説得はできそうですか？」

「今の段階では何とも」

「先程から気になっているのですが、相模議員の御姿が見えないのですが？」

「そう言えば」

「確かに、どちらに？」

「そ、それは…」

「村瀬先生、ご存じなのですか？」

「い、いや私は……」

「どちらなのですか？はっきり答えてください」

「わ、私だけでは不満かね！」

「誰も、そんなことは言ってないでしょう。相模議員はどちらに?」

「先生!」

「先生!」

「くっ……」

「先生…」

「さらわれた!後は知らん。道を開けたまえ!」

「ど、どういうこと何ですか?先生!」


映像をそこで止めると本上が言った。

「私の依頼は、先生、……相模　晋の救出」

部屋は、水を打ったように静まり返った。あの相模　晋がさらわれるなど考えの外であった。しかもその救出の依頼が来るなど。

「しかし…」

最初に口を開いたのは、正式に指揮下にある部下の他に非公式の親衛隊を持つ、麗《うるわ》しき月組組長・玉置久美《たまきくみ》である。「立てば芍薬《しゃくやく》、座れば牡丹《ぼたん》、歩く姿は百合《ゆり》の花」と称するに足りる外見と、シビア極まる恩の売り買いとの餌食《えじき》になった人々の数は、椎名のそれを優に越えているとの噂である。

「…それは、警察に任せておけばよろしいのでは？」

玉置のもっともな疑問に何人かがうなずく。

「ここ以上の信頼ができたならそうする」

「問題発言じゃないかなぁ」

これは、観世《かんぜ》タケル。十六歳、最年少の新三光にして風組組長である。幼いという観さえある小柄な組長は、一見、迷い込んでしまった中学生を思わせる。がその実は、外見をフルに活用し、一番の無遠慮を許される位置を創出している曲者であり、最もこの場に馴染んでみせている。

「分かっているのは、先生が七人組の男女にさらわれたこと、その際にUS-68が使用されていること、名古屋駅で降りたことの三つ」

「何者です？」

そう聞いたのは、鳥組組長を務める新三光・鶴岡右近《つるおかうこん》である。特士隊切っての知識派は、教師然としたスーツ姿でいる。ちなみに、先程の郭の眼鏡と髪型のヒントとなったのがこの人物である。

「分からない」

「目的は？」

「分からない」

「分からないことばかりですね」

「そうなる」

　本上は悪びれることなく認めた。事実がそうなのだから仕方がない。

「先生は何か言っておられませんでしたか？」

　椎名が聞く。

「……『当てにしている』と」

「『当てにしている』ですか……」

　椎名は、恩師から聞いた初めての言葉にしばし目を閉じると、決断した。

「分かりました。僕は、引き受けるつもりですが、皆さんはどうします？」

　椎名が一同を見回すと、一人を除いて全員が首肯いた。創始者に頼られ、団長が受ければ、断る理由は存在しない。が、椎名は、それに盲従しない例外を目敏《めざと》く見付けた。

「清水《しみず》さん？」

「報酬は？」

「清水！」

　中で最も新参である鳥組・清水博文《ひろぶみ》の発言を、直接の上司が咎《とが》めた。が、本上の方は最初から玄人に頼むつもりでいたため、

「五〇〇…」

「一千万よ！」

凛と響く声と共に部屋へ入ってきたのは、秋月紗弥であった。

「…半分は秋月が出すわ。不満？」

そう続けながら、真っすぐに清水の目の前までやって来る。相模のことを報道で知って飛んできたのだろう。息はそうでもないが、乱れた翠の黒髪の迫力は般若《はんにゃ》に等しい。

「……い、いいえ」

すっかり気を飲まれた清水は、目を合わさない様、俯《うつむ》いて答えた。すると秋月は、元々きちんと相手にする気がなかったらしく、すぐにミブロ団長・椎名を見遣って実のある答えを求めた。傍《かたは》ら痛い発言とはいえ、いささか居たたまれない結末である。

「必要経費と規定報酬で充分ですよ。三〇〇、せいぜいで五〇〇でしょう」

「そう。じゃあそれを半分ずつね」

応えた秋月は、椎名の脇、本上の前に座った。

「三分の一でしょう。秋月さんと先生と私とで」

「うーん……」

愛らしくも腕を組んで考え込む秋月の元に、二人の女性特士がやって来た。鳥組・沢《さわ》　夏紀《なつき》がお茶を出しに、気を利かせた玉置が秋月の髪を整えに、それぞれ来たのだ。

「ありがとう」

二人にそう応える口調は、幾らか落ち着いたらしく、いつもの調子を取り戻していた。羽織ってきた灰のハーフコートを、気付いた様に脱ぎ始める。

「でも、先生は助けられる側なわけだし」

「あの先生のことです。半分も出されては納得なさらないでしょう」

「……。分かったわ。その方が可愛げがあるだろうしね」

「では、そういうことで」

二人のやり取りを見届けると、椎名は、特士隊へ指示を出すことにした。

「やるべき事は二つ。情報の収集と統制」

「収集はうちの仕事ですね」

そう応じたのは鶴岡である。

「『鏡』は動かせますか？」

「まだ調整中ですが、使わないと難しいでしょう」

「少々の支障は構いません。最短時間での解決が第一です」

「承知。それではお先に」

鶴岡は、日下《くさか》と彼の介助犬、沢、清水、杉本《すぎもと》を連れ立って部屋を後にした。清水は優しい上司を持った様である。

「後は情報統制ですね」

「ここは良いとして、残りは事務所に道場、足立家か。事務所は私だな」

と、本上が応じた。

「お願いします。道場の方は、秋月さんに任せて良いですか?」

道場とは、月形《つきがた》流和刀術道場のことである。ミブロが使わせてもらっている主要道場であり、秋月の実家でもある。

「ウチは放っておいても良いと思う。そんなに情報は入ってこないだろうし。それより、足立の御母様の所に行かせて」

「……師範が居てくだされば、道場は心配ないかもしれませんね」

娘に似ても似つかない厳い師範・秋月盛平《もりひら》の顔を思い出して、椎名は言った。和刀でなら、近畿で五指に入る強者である。京で一番に、無理な取材とは縁遠い場所であるかもしれない。

「分かりました。足立家の方をお願いします」

「はい!」

元気良く応えると、紗弥は座を立った。来るときにピシャリとやったのを後悔していたのか、今度は丁寧に、両膝を突いて襖を閉めていった。

「後は各自、心身の準備をしておいてください。特級の任務になることが想定されます」

「承知っ!」

椎名に応じた一同は、上座から順に部屋を後にしていった。

「今できるのは、このぐらいかな」

「……分かった。手伝えることがあったら言ってくれ」

「秘書としての仕事が第一だ。それを忘れるなよ」

「…ああ。承知した」

最後に残った二人のアキラは、首肯き合うとそれぞれの仕事へと向かった。全力を尽くすことは全てを抱え込まずともできる、ということを二人は良く知っていた。それを見極めることもまた尽力なのである。


(遅かったか……)

報道陣の群がる足立家の門前を見て、紗弥は思った。壬生からでき得る限り急いで来たのだが、既に手が回っていた。

(そんなに取材先も多くないだろうし、仕方ないか)

そう思い直すと、向こうからは目に付き難い場所に身を隠し、足立の御母様を救う手段を考え始めた。

足立の御母様とは、今は亡き足立秀平《しゅうへい》の妻、足立政子《まさこ》のことである。三十二年前、足立夫妻は、縁もゆかりも無かった幼い子を、数奇な流れで引き取ることになった。それが当時三歳

だった相模　晋である。子を生さなかった夫妻は、晋を我が子と呼んで可愛がり、晋もまた親として慕った。その晋が養父の跡を継いで政界に出た後は、京都郊外の住宅地で悠々自適の一人暮らしをしている。

(まずは…)

携帯電話を取り出し、掛けてみる。

「・・・・・・・・・」

不通を知らせる音だけが続く。

(線、抜いちゃったか)

その心境を思うと胸が痛んだ。

他の手立てを見出そうと、報道陣の様子を窺った紗弥は、

(ん?よく考えたら、私も取材される方だ)

と、重大なことに気付いて頭を抱えた。月形流和刀術道場の剣術小町と言えば、ちょっとした有名人なのだ。

(どうしよう……)

しばらくの間そのまま思案を巡らすと、何を思い立ったのか、急にその場を離れた。足立家から距離が開くにつれて歩みを速め、いつしか走り出す。

二十分後。

紺のパンツルックのスーツの上に灰のハーフコートを羽織った女が、黒のローヒールのパンプスを「カッカッ」と鳴らしてやって来た。

紗弥が思い付いたのは、セールスレディーへの変装であったらしい。いつも上げている前髪を下ろし、黒縁の眼鏡まで掛けている。どれも近くの商店街で買い集めた物である。さっきまで着ていた服は、手に下げたつやのある黒のバッグに押し込めた。

(五分ぐらいはもつかな)

そう思いつつ、殊更に規則正しいリズムで歩を進める。

報道関係者が思い思いにたむろする中、近所の人達が迷惑そうに道の脇を歩いていくところ、を紗弥は表情一つ変えずに突っ切った。目を引く行動ではあったろうが、関係者らは紗弥には構わなかった。咎められた時のために十言ぐらいの文句を用意していたのだが、少々拍子抜けしてしまった。

そうして何事もなく足立家の門前に立ち、インターフォンを鳴らす。

「………」

返事がない。二回目。

「………」

やっぱり返事がない。三回目を鳴らそうとボタンに指を掛けたところで、肩を叩かれた。

「お嬢さん、このウチは出ないよ」

声を掛けてきたのは、恰幅《かっぷく》の良いと言うより、不摂生の表れといった体形をした小父さんだった。どこかの局のそこそこ偉い人なのだろう。その顔からは、気を利かせてやっているんだという、押し売りが嫌というほど伝わってきた。

「お出掛けになられたのでしょうか？」

紗弥は、意図的にしおらしい口調で聞いた。その効果は、

「いやあ、そういうわけではないんだがね。それで、我々も困っているんだよ」

覿面であった……。小父さんは、声に笑顔を乗せて応えてくれた。

「そうそう、申し遅れた。私は京栄放送でディレクターをやってる林《はやし》　来人《くると》という」

頼みもしないのに名刺まで出される。

(迂闊だった……)

倉田春奈《くらたはるな》という偽名までは考えていたが、さすがに名刺までは用意してこなかった。

「は、はあ……どうも」

と、中途半端な対応になってしまう。

「社会人同士の挨拶は初めてかい？」

「……はい。すみません」

「いやあ、いいんだよ。初めの内は誰でもそうなんだからね」

「はい……」

どうやら、向こうの方で好意的に解決されたらしい。それならばと、紗弥は、気分を入れ替えた。

「あの、お留守ではないのですよね？」

「ん？ ああ、そのはずだよ。最初に来た西部放送は話が聞けた、と言っていたからね」

「…そうですか」

「出し抜かれた、と上がうるさくてね。我々だってこうして頑張ってるんだ。それを何も、あんな…」

紗弥は、林の愚痴《ぐち》を聞き流しつつ、周りの様子に気を配った。どうやら、同業者が自分への応対をしているということで、他の者らは各自の仕事に集中しているらしい。

紗弥は、このよくしゃべるディレクターを利用することにした。

「…全くあいつら、じゃなかった。今のは内緒にね」

「大変なんですね…」

「そうなんだ。分かってくれるか」

「…足立様」

「へ？」

林が気の抜けた返事をする。

「だって、足立様がお出にならないのは、あなた方のせいなのでしょう?」

「い、いや、そ…」

「社会人一年目の私には、小父様の言うことは解りません!」

勢い良くそう言い切った紗弥は、カバンを門の向こう側に投げ入れ、自身の肩ぐらいの高さのある塀を乗り越えた。

あっという間であった。

林は、自分の中途半端な台詞と目の前でなされた出来事とで混乱し、口をパクパクさせている。

「おい!」

最初に声を挙げたのは、少し離れたところにいたカメラマンであった。先を越されたとでも思ったのだろう。慌てて足元に置いていたカメラに手を伸ばす。それからは、各陣が我先にと次々に動き出す。

予想していた通りのことと、紗弥は報道陣の動きなど気に留めずに走った。足を捻《ひね》りも縛りもせず、ローヒールのパンプスは、持主の期待に十二分に応えてくれた。

(ブーツにしなくて良かった)

実家を出るときにした一瞬の判断を自分で誉めた。

植え込みの間を抜けて庭へと出る。

「御母様！紗弥です。壬生から参りました！」

紗弥が叩く窓の向こうで、人が動く気配がした。

「御母様!!」

「紗弥さんね」

「はい!!」

「お待ちになって」

すぐに鍵が上がる音がし、窓が開けられた。そこには、薄い緑に暗めの黄を重ねた和装をした、老年に入ったと思われる女が立っていた。

「あら、勇ましい。お入りなさい」

「はい」

「勇ましい」と言われてちょっと恥ずかしかったが、紗弥はすぐに家の中へと入った。彼女の目には、線の抜かれた電話とインターフォン、そして昼のワイドショーを映すTVが分かった。

「あの騒ぎは、あなたのせいね」

「……はい。今、何とかいたします」

そう言って紗弥は携帯電話を取り出した。掛ける先は州警察である。

「もしもし、秋月紗弥と言います」

「……？」

「今、足立さん、足立政子さんのお宅に居るのですが、マスコミが押し入ろうとしているんです」

「………？」

「はい、そうです」

「……」

「相模党首の御実家です。放っておいてどうかなると、大変だと思いますよ」

「……」

「よろしくお願いします」

電話をしながら頭を下げる。それを切ると、次は壬生に掛ける。

「もしもし。秋月紗弥です」

「…！……!!……！」

向こうで響く歓声、奇声といった方が正しいかもしれないが、に思わず耳を離した。

「紗弥さま！……あれ？紗弥さま」

間の悪いことに、電話を取ったのは紗弥の非公式ファンクラブ『月の使徒』の会員であったらしい。紗弥自身の魅力か、相模のお陰か、知らぬ間に出来上がったものである。悪意が感じられないので野放しにしていたのだが、こういう支障は計算外であった。

気持ちを整え、短い言葉を選ぶ。

「御免なさい。急ぐの」

「……！」

「いいえ、気にしないで。それより、椎名さんに言って、足立の御母様の所に何人か寄越して」

「……」

「ええ、そう。詳しくはＴＶを見れば分かると思うから、お願い」

「…！」

電話を終えると、紗弥は足立政子に向き直った。

「申し訳ありません。収めるつもりで来たのですけど」

ここからでも聞こえる騒ぎにしてしまうと、恐縮至極である。

「いいえ、元気なあなたが居てくだされば心強いわ」

やさしい微笑みでそう言われて、さらに身を縮める思いになる。

「お疲れになったでしょう？お茶にしましょう」

「あ、それでしたら私が…」

「いいの。こういうことが好きなのだから。

それより、あなたはお着替えになったら？嫌いではないけれど、らしくないわ」

「しかし…」

「あら、年寄の数少ない楽しみを奪うおつもり?」

「御母様」と呼んで慕う相手にそう言われては、抗い様がない。

「……着替えて参ります」

「着る物はお持ち?」

「はい」

と言って手にしてきたバッグを開ける。

「あら、あら」

「………」

出てきたのは見事にしわを帯びた服。紗弥は赤面した。何も、こんな時にこんな風にならなくても良いではないか……。

「でも、ちょうど良いわ。あなたに着て欲しい御着物があるの」

「……はい」

穴があったら入りたい。

パトカーのサイレンと共に表が静かになってきた頃、紗弥は紅色に紅梅色を重ねた和装へと着替えていた。

「あなたには、『雪の下』の方が良かったかもしれないわね」

「雪の下……」

「襲の色目の名前よ。紅梅に白を重ねたのが『雪の下』。今あなたが着ているのが『梅』で、私のは『枯野』」

「御母様に枯野というのは早過ぎませんか？」

「そう？ありがとう。でも、下の色は春の新芽のようでしょう」

そう答える政子がにこやかに笑う。

紗弥にとって、政子は理想的な女性像であった。おっとりとした自分の母も好きだが、あこがれるのは、政子のように軽やかな笑顔のできる女性であった。

（素敵だな……）

「御免下さい！」

という玄関からの声に、現実に引き戻された。警官だろう。

「ちょっと行って参ります」

「ええ。その間にお茶を用意しておきましょう」

スッスッという足取りで政子が台所へ歩いて行くのを見て、紗弥はチョコチョコとした足取りで玄関に向かった。

同日午後六時、吉田家。

「ただいまー。母さんは？」

会社から帰ってきた父が、居間を見回して聞いてきた。

「寝てる」

「寝てる？！どうして？」

「多分…」

わたしは、父の問いに答える代わりにＴＶのチャンネルを変えた。

「こいつか……」

ニュースを見た父の感想はそれだけだった。

「おなかすいたー」

「ん？ああ、そうか……、そうだな出前でも頼むか」

時計を見た父が応えると、すかさず、

「お父さん作って」

「作って、て」

「作って！作って!!作ってぇー!!」

「わ、分かった。分かったから」

父は、ダイニングに置きっぱなしになっていたエプロンを身に付けると、台所に立った。しばらくして、「どうしてオレが」とかぼやく声もあったが、包丁の音が聞こえてきた。

(とりあえず成功かな……)

題して「お父さんだけが頼りです大作戦」。母の落ち込んでる理由が理由だから、こうやって父にやる気を出してもらうようにしないと、この家は立ち行かなくなってしまう。

(でも、あんまり長くもたないかも)

わたしの苦労は続きそうである。

奈良州・明日香。

「つっ……」

久しぶりの光が、痛みを伴って両の眼を刺した。

「これは失礼、刺激が強過ぎましたね」

浮世離れした響きの声が耳をくすぐった。声のした方を見ようと薄目を開けると、眩しいくらいの白が眼を襲った。たまらず、再び目を閉じる。

「目は徐々に慣らしていただいて構いませんよ」

「君は何者だ?」

怒気をはらんだ衣擦れの音に、それを制する袖の音が重なる。無遠慮な質問に腹を立てた従者を、主人が止めたといったところだろうか。

「高敏と呼ばれております」

「……神祖教の教祖だったか？」

「如何にも」

「となると、ここは明日香か？」

「察しの通り」

高敏の応えは短い。

（なるほど、そういうことか。しかし……）

言葉の選び方はそうでもないが、その響きが気に食わなかった。声の主への興味がいまいち盛り上がらないのだが、いつまでも目を瞑ったままでやり過ごせるわけもないので、渋々、目を開けることにした。

「ようこそ、相模　晋。我が同胞」

目を開けた相模の前に居たのは、全身に白い布を巻き付けた男と、その後ろに控える白い服を着た男との二人だけであった。

相模は両手を広げている高敏を観察した。

（これが、私に似た男ねぇ…）

この容貌を公安調査庁長官は美しいと評していたが、相模はそうは取らなかった。実在感の薄い虚構の薫るその顔は、俗っぽさを消したものと思えたからだ。歳は向こうの方が若いだろうか。なお判断の基準は、年齢不詳の自身ではなく、民政党の仲間たちである。背格好は似た様なものだろう。

さっと見回した部屋の作りはひどく殺風景であった。物といえば、彫りの一刀もない木の机が一つと椅子が二つあるだけである。賓客を迎える客室というより、侵入者を捕らえておく牢屋である。

一通り見終えた相模は、さっそく自身の不遇を訴えることに気を回した。

「同胞と言うなら、形で示したらどうだ?」

随分と前から椅子に縛り付けられた状態でいるのだ。いい加減、座り心地ということを欠片も考えていない背もたれが直角の椅子に、疲れを感じていた。

「解いて差し上げなさい」

主人に命じられると、従者は素早く相模の後ろに回って縄を解いた。ちらっと見たその顔は、新幹線で会った者らには無かったものである。

自由になると、相模は椅子をどけて床に直に座り、痛みの残る手首をさすった。

「私に何の用だ?」

その行動に、高敏が目を狭《せば》める。

「もう少し、礼節をわきまえた人物だと思っておりましたが？」

「期待するのはそちらの勝手だが、それにこちらが応える義務はないだろう。そもそも、最初に非礼を働いたのはそちらだ」

「最良の手段を取ったつもりですが…」

「最良の選択肢が礼節にあふれているという必然はなかろう。付け加えて言えば、椅子に飽いた今の私にとっては、こうして床に座るのが最良だ」

「……………」

高敏が渋い顔をする。ああ言えば、こう言う。現役の論客を舐めてもらっては困る。

「で、私に何の用だ？ US‐68まで持ち出して、和国内閣総理大臣特使を引っ張ってきたんだ。相応の内容なのだろう？」

「……」

間を嫌ったのか、高敏は一呼吸置いた。

「我と手を組みなさい」

高敏の申し出は、相模の予測の範囲内のものであった。生きて首謀者と見て間違いない人物に会ったのだから、他には身代金か知識を目的とした略取か人身売買ぐらいのものである。だが、こちらの答えによる反応は、未だ予測の範囲外にある。

「目的は？」

「この国の支配」

「正直だな」

「同胞に隠す必要はないでしょう?」

「なるほど…」

言葉少なに応じる。

(…私をそう捉えているのか)

相模は即答は避けることにした。

「メリットは?」

「こちら側は、既に我が押さえております」

「こちら側?」

「宗教界」

その言葉に、相模は一つの推測に至った。

「貴殿…」

「御子様だ!」

怒り心頭に発した従者が立ち上がる。

「控えよ」

冷静な御子の命が下りたが、その視線は相模から外されないでいた。それ程までに、この主従の関係は絶対なのであろう。従者は、膝を突いた。その両の肩が小刻みに震えている。

「御子で良いですよ」

「承知した。

……率直に聞こう。近畿管区隊を動かしたのは、御子か？」

「如何にも」

高敏はあっさりと認め、さらに、

「『盾』とやら、なかなか役に立っておりますよ」

と、付け加える。相模は目を閉じた。

(余計なことを！)

心の奥底で怒りの火が生まれたのだ。が、それを表には出さないように気を配って、目を開ける。怒りも、外へ吐き出すには相応しい時機というのがある。

「……恐れ入る」

「しかし、我のそちら側への影響力はまだまだ薄い。我の崇高な教えを解することができない者、必要性を感じることさえできない者まで存在する。

そこで、貴公の力が必要なのです」

高敏は両の手を広げて訴え始める。

(『貴公』とくるか)

相模の胸中は、かつて目上の者に対して使われていたものの、今や専ら目下の者に対して使われるようになった言葉を咎められる程にまで冷めていた。

「この国において、僅か五年で大臣に成りおおせた貴公と、宗教界を押さえた我とが組めば、この国は直ぐに思い通りになることでしょう」

何か確信でもあるのだろうか。魅惑の微笑みとでも言うものが相模の眼に映りこむ。が、それを映された方は、心の内で交渉の余地を閉ざしていた。心を決めてしまえば、後は楽なものである。

「随分な買い被りだな」

「そうでもないでしょう。政界にも知り合いはいますが、貴公ほどの器を持った人物を、私は知りません」

その言葉に、相模は腕を組んで思案を巡らすための姿勢をとった。

「……そうかもしれないな」

「それでこそ、我が同胞」

「さっきから気になっていたのだが、なぜ私を同胞と呼ぶ?」

意外だったのか、単に疲れたのか高敏は座り直した。

「……我の教えは知っておられるか?」

「『神に連なる我のために生きよ。さすれば、神に列せられん』」

「貴公は、神に連なる者だ」

「それは知らなかった」

これは、相模の素直な意外の感の表明であった。思いの外、高く買われている様である。

「気付かないのも無理はありません。そうでない者にとっては特別なことであっても、我らにとっては当たり前のことなのですから。

気に留めることがなければ、そのままに死を迎えても不思議はありません」

「私が同胞である、と気付かせた理由は？」

「『氣』の違い」

「見えるのか？」

「見えるというより、感じるのですよ。感じることは誰にでもできるのです。故に、人は氣を発する者に魅入られる。貴公ほどに多くのメディアに触れておられれば、経験があるでしょう」

「なるほど……、確かに」

今の会話で、相模はこの場に来て初めての感心を味わった。

「我と手を組む気になりましたか？」

話を元に戻されてしまった。

「即答しかねる」

「何と！？」

高敏は派手に驚いてみせた。そこに相模は力強い口調で、

「御子は、確かに神に連なる方であろう。

しかし、私にはその自覚がない。しばらく自分を見つめ直す時間が欲しい。そして問うてみたい。御子と手を携えるのに相応しい器を持ち合わせているのかと」

と訴えた。

「……なるほど、必要な時間かもしれませんね。良いでしょう」

そう答えた高敏は、相模に部屋を与え、賓客として待遇することを従者に申し渡した。殺風景な部屋を後にする同胞の背中を見送りつつ、高敏は思っていた。

（巧く切り抜けたつもりでしょうが、逃がしはしませんよ）

十二月二五日午前六時、足立家。

「お早うございます」

紗弥が台所に降りてくると、既に政子が朝食の用意をしていた。足立家に泊まり込むようになって三回目の朝、又々早く起きてくることができなかった。

「お早う」

が、その様なことを政子が気にするはずもなく、あの心を晴れやかにする笑顔で迎えられた。

「お手伝いします」

「そう。じゃあ、卵焼きしてくださる？」

と、味付けを終えてあるらしい溶き卵の入った器を差し出された。

「うっ……」

……苦手だったりする。どうしても焼き色が付いてしまうのだ。

「今日できるようにしましょう」

「はい！」


十分後。

畳の上の食卓には、玄米を混ぜた御飯、豆腐と若布の御々々《おみお》付《つ》け、京茄子の漬物、そしてそれなりにできた卵焼きが並んだ。

朝食は、料理の出来とか、足立家の味付けといったことを話題にしながら、静かに進んでいた。が、それは半ばにして破られた。

『ピンポーン』

インターフォンの呼び鈴が鳴る。一応、応対には紗弥が出る。

「はい。足立の者ですが」

「…。……」

「新聞？」

「……」

「すぐ行く！」

来客確認用のカメラに写し出された新聞一面の見出しを見て、紗弥は玄関へ走った。

「紗弥様。これです」

そう言って、壬生から来ている隊士が新聞を差し出した。

デジタル化が進み、新聞は新聞「紙」ではなくなっている。薄い汎用《はんよう》端末や一般の情報端末に、コンビニエンスストアや新聞社へのオンライン・アクセスから、料金を払って落としてくるのである。従って情報の掲載が早く、特に一面は読むニュースという感覚である。ただ、新聞紙時代を知る相模によると、レイアウトは「紙」の頃からあまり変わっていないのだそうだ。


「畿州議、管区隊へ呼応か」

二五日午前四時。塩見友紀乃《しおみゆきの》・畿州議公徳党支部代表は、畿州の和国独立決議案を提出することを表明した。本決議案について塩見代表は、関東震災からの復興策及び近畿管区隊への対応において、和国政府が著しく程度を超えて地方自治政府へ介入していること等を理由として挙げ、「もはや、本国政府として不相応となった」と述べた。……

この辺りの話は、震災以来、他の地方においても地方至上派と呼ばれる陣営から主張が強まっており、紗弥の目を引かなかった。彼女の目を釘づけにしたのはその記事の最後。

…この際に塩見代表は、先日の相模氏拉致事件について和国政府が畿州自治政府に嫌疑を掛けてきていることを合わせて明らかにし、代表として正式に遺憾の意を評することを言明した。尚、相模氏拉致事件についての嫌疑は、鋭意取材中である。（乾）

（どういうこと……？）

完全に予想外の方から、事態を動かすものの登場である。それもかなり大きい。

「紗弥様……」

若い隊士が指示を求めてくる。

壬生の者ではないとはいえ、紗弥は、足立の御母様を除けば最も長く相模と共にいる人間である。従って、隊士の反応は当然の範疇《はんちゅう》にある。が、紗弥は答えを持ち合わせていなかった。

（……新聞だから、椎名さんも知ってるはずね）

と、早々に責任転嫁を決めた。

「取り敢えず椎名さんと連絡を取って。私には話が大き過ぎる」

「しかし、ここを留守にするのは……」

そう言って視線を移した隊士の先には、州警察の制服警官が立っていた。職務に忠実な人柄であるらしく、通りの方をしっかり見据えている。

（大丈夫そうだけど……。どうかなあ？）

注意はしておくに越したことはないだろうが、動かぬ証拠がある訳でもない。仮にあったとしても、あの警官が関わっているかどうかという問題もある。大きな組織であれば、その左端がやっている事を右端が知らないという事態はしばしばあることである。

「分かった。私が連絡しておく。多分、交代を送ってくれると思うわ。それまではお願い」

「承知」

隊士は控えめな声で応えると、持ち場に戻っていった。


「何かあったのね？」

食卓へと帰ってくるや否や、政子はすぐにそう聞いてきた。紗弥は、答えるべきかどうか躊躇した。しかし、すぐにこの母に話さないのは見当違いな気遣いだと思い直し、新聞を手渡した。

「そう、動き出してしまったのね」

記事を読んでそう言った声は、意外な程に落ち着いたものであった。

「このまま大きくなっていってしまうのでしょうか？」

不安そうな声で紗弥は、自分の師の母に聞いた。

「どうかしら。今のところ大騒ぎしているのは、政界とマスコミぐらいのものでしょう。けれどこれで、普通の人にも、一つの選択肢として認識させてしまうでしょうね」

二〇年代から三〇年代にかけて、市町村の統廃合と自治体政策の充実を計ろうと、段階的に州体制が築かれていった。州体制の草創期であるこの頃は、今まで地方でできなかったことを一息に出来るようにしてしまおうと、新体制の充実へと邁進していた。和国社会にとって良いカンフル剤でもあったのだ。しかし、それも二十年すると副作用をもたらした。地方至上主義である。

二〇世紀末から二一世紀初頭にかけて世界は、グローバル化の名の下に、市場の統一化へと向かっていた。しかし、世界には反グローバル化の主張がかなり多く存在していた。それはそうだろう。経済活動と無縁な生活をしている者などほとんどいないのだから、世界市場などというものができれば、否応なく日常を変えられるのだ。特に付加価値の低い仕事、どこでもできる仕事に従事していたものは職を失い、ただでさえ安く買い叩かれていた収入を失い、たちまち生活苦に陥る。果たしてそれを、富める者が何時まで支える度量を見せられることか。グローバル化とは、基本的に付加価値の高い仕事を職としている者の論理である。この動きに対し、和国は推進の側にいた。一九九〇年代以来の不景気に見舞われていたとはいえ、まだまだ経済的に裕福な部類に入っており、また地政学上、ものに付加価値をつけていく仕事を強いられる環境にあるため、その備えとしての土壌があったのである。しかし、これは経済の話。

政治の世界において地方再編が進む中、和国民は、州境、州都と自分のいる「地方のアイデンティティー」というものを考えさせられるようになっていた。そうして生まれたのが地方至上主義である。生活環境において世界を、州でさえ、跨ぐというのは圧倒的に少数派である。生活環境の安定を考えれば、その主張と行動は反グローバル運動と変わらないものに落ち着くのだ。ただ、経済から発したか政治から発したかの違いだけである。

現在、和国内のあちらこちらで、手の届く範囲での安定を目指すことによって生じる非効率に対して、そのコストを払うか否かが論じられている。

「選択肢…」

「そう、選択肢。

……戦争の話は聞いてらっしゃる?」

師の母も、やはり師であるらしい。

「はい。幾度か」

紗弥は幾らか控えめに答えた。それを察したのだろう。政子が微笑む。

「戦争はなぜ起きるのかしら?」

「……原因は幾つもあると思いますけど、両者に譲り難い対立があるからではないでしょうか?」

「それは、『タン』の段階ね」

「タン?」

文字が浮かばず戸惑う。

「糸口と言った方が分かり易いかしら」

そう言われて思い至る。

(『端』か)

戦争―戦端―発端。師の文字の先生は政子であったのだろう。

「はい。大丈夫です」

政子は様子を見ていて続けた。

「確かに、退っ引きならない意見の対立は大きな原因ね。でも、もっと直接的なものは、『文』という『法』での解決を捨てて、『武』という『方』で解消しようとすること」

「はい」

「そして、最も罪深いのはその解消に迎合すること。戦争は一人ではできないものなの。文学的表現としてあるのだけど」

「……私は、そう扇動した人が悪いと思います」

「あら、それなら人は考えることを止めるべきね。そうすると、人はただの葦《あし》になってしまうのかしら」

政子には容赦がない。

十七世紀のフランスに居た物理学者にして思想家であるパスカルは、「人間は考える葦である」との言葉を残した。その心は、「人は自然界において、獅子の一噛みにも大猿の一殴りにも勝てず、最もひ弱な一茎の葦に過ぎない。が、考えられること、思考できることの一点において何にも勝る尊厳性を有している」となろう。人間至上の匂いがする言葉ではあるが、人が考えることを止めた時、自然の尺度から見れば目も当てられない存在であるという指摘は的を得ていよう。

「少なくとも胸を張って『自分は考えている』なんて言うのは、諦《あきら》めた方が潔いでしょうね。歴史上、本気で考えていた方々に対して失礼なことよ」

「でも人の騙《だま》し方を勉強して、それで他の人を操る人もいると思います」

「人を騙したことについては、その扇動者を責められるでしょう。でも、操られた人は反省すべきね。扇動者に乗って考えることを止め、加担までしたことを。

戦争は、それで起こせなくなる類のものなのだから」

「うーん」

「さて、そこで本題…」

ここまでは導入だったらしい。

「はい」

「今の話を元に、この記事を考察なさい」

(先生は、いつもこうだったのかな……)

と思いつつ考えてみる。

「……塩見代表の決議案のインパクトは確かに大きい。けれど普通選挙による議会・知事制度がある以上、それが実現するのは畿州の人達が賛成した時だけ。

だから、まだ選択肢の一つでしかない」

「そんなところでしょう。口にされたことで現実味を帯びはするでしょう。その分の集団心理とか、熱狂も考えておいた方が良いかもしれないわね。でも、人を狂わせるには、塩見さんでは役者が足りないでしょうね」

(でも、先生ならできてしまうかも)

と、心の中で想い人を持ち上げておく。

「あら、ごはんを冷ましてしまったわね。温めてきましょう」

「あ、私やります」

そうして、二人が温め直した朝食を済ませた頃、足立家の電話が鳴った。紗弥が受話器を取る。

「足立です」

「…」

「椎名さん。ちょうど電話しようと思ってたところ」

「……?」

「……、…。……」

「ええ、そう」

「え? 先生が!」

「……」

「うん」

「……」

「うん。お願い」

「……」

「うん。わかった」

「…」

電話を切った紗弥は、政子の方へと振り向いた。

「先生が見つかったって……」

「そう」

短く応えた政子は、紗弥を抱き締めた。

「あの子のために、泣いてくださるのね」

言われて頬を伝う涙に気付いた。

「……すみません」

「いいのよ。あの子が愛されるのは、うれしいことなのだから」

「はい……」

政子の手が紗弥の頭を撫でる。

「苦労かけるわね。あの子のことだから、すげなくしてるのでしょう？」

「……はい」

「あの子は、あの人の描いた理想を背負おうとしているの。自分に対しては不器用な子だから、そうしていないと立っていられないのかもしれない。責めないであげてね」

紗弥が顔を上げる。

「大丈夫です！いつか絶対、振り向いてもらうんです。諦めが悪いのが、私の取り柄ですから」

「頼もしいこと」

「はい」

二人は微笑み合った。

第五章　反旗

十二月二七日午前八時、明日香。

相模のいる賓客用の二間続きの部屋に、白き教祖が表れた。

「お早うございます。御機嫌如何ですか、我が同胞」

「可もなく不可もなく」

立ち上がって出迎えることもなく、相模は寝椅子に腰掛けたままで応えた。礼節を尽くす気がないのも事実であるが、朝食を終えた後の御茶の時間であって、動く気がしなかったのである。

「これは、すげない」

高敏が「ホホ」と笑う。

「宗教家の朝は早いのだな」

「それは、政治家とて同じでしょう?」

「そうかもな。で、何の用だ？」

予告なしに高敏が会いにくるのは、これが初めてである。律儀にも、いつも先触《さきぶ》れを寄越す。明日香に連れて来られて五日目。相模は、幸いと呼ぶべきか、神祖教の深部のほとんどを見知っていた。勿論外部との接触の余地は微塵《みじん》もなかったが、内部の方は、高敏から命を受けたという従者による、説明付きの案内までされた。会食などを通して高弟たちとも会っている。一昨日には気の良い高弟から治療を受けさせられ、それ以来、体調はすこぶる良かったりする。

残るは、教祖・高敏自身に関する事ぐらいであろう。

「貴公に、目を通してもらいたい物がありましてね」

そう言って、高敏は一束の紙を相模に渡した。尚、直に手渡したのは従者である。

（新聞？）

端末の明字より紙面の印字に馴れ親しんでいる相模ではあるが、それでも印字による新聞社名とレイアウトには、少なからず意外性を受けた。そして、

「!!」

怒髪《どはつ》天を衝《つ》くとはこのことである。顔面は紅潮し、身体の芯から怒気が吹き出した。今度はそれを隠せるはずもなく、相模は高敏を睨み付けた。

「もう動いているのですよ。同胞」

高ぶる同胞に、高敏は穏やかに伝えた。

「高敏ぃ!!」

紙を打ち捨てて飛び掛かろうとした相模の前に、従者が割って入る。

「放せ！」

「クックックックック……。ハアッ！　ハッハッハッハッハッハ！

貴公がここに来たのは、打つべき手を打った後だったのですよ」

高敏が、相模の顔へと自身の顔を寄せる。

「……貴公は甘過ぎる」

「戦争をするつもりか？」

「戦は平城の世から続いてる」

「戦火を招く気かと聞いている！」

「鎌倉の源平、承久。江戸の関ヶ原、大坂。明治の戊辰、西南。泰平《たいへい》の為には、ガス抜きが必要」

「多くの日常があるのだぞ」

「正統なる大義の前では些末《さまつ》なこと」

「貴様っ!!」

掴み掛かろうとする相模を、従者らが抱き止める。騒ぎを聞き付けたのだろう。人数は三人に増えていた。

「この程度のことで動揺するとは、まだまだ成長が足りませんね」

「せずとも良い戦を招く者に言われる筋合いはない！」

「クックック……。まあ、人族の血を憐《あわ》れむ慈悲深さも神族の心。事の終わった後には、民《みん》撫《ぶ》の役でもお任せしよう」

立ち去りかけた高敏に、相模が問う。

「……終わると思っているのか？」

「無論」

高敏は、ゆっくりと、自信を印象付けるかの様に答えた。

「後をどうすべきか、真剣にお考えなさい。あまり時間はありませんよ」

主人の退出を見届ると、従者らも急いで引き上げて扉を閉めた。それに巻かれた風に、新聞を印刷された紙片が揺れた。


「畿州議に続き、摂津・奈良各議に独立決議案提出」

二六日午前九時、摂津州議会に和国独立決議案が提出された。同日同時刻、奈良州議においても同様の決議案が提出された。両案は先に畿州で提出されたものと同じ趣旨のものであり、三者は相通じているものと予測される。

これに対し、和国政府は当面の間は静観する構えを示しており、その本心は定かではない。

（房崎）

「近畿管区隊、呼応を表明」

二六日正午、藤本紀子《ふじもとのりこ》近畿管区隊広報課長が会見。近畿管区隊の意思として、一連の州議会における独立決議案の提出について、無条件で呼応することを表明した。独立に向けての動きは近畿一円において拡大してゆく気運があり、管区隊が合流の意思を明らかにしたことは、その流れを加速するものと思われる。

十一月十一日の近畿管区隊による和国離脱宣言に端を発した事件は、今や、和国国家体制を揺るがす、一大世論となりつつある。今後の行く末が、一層懸念される。

（乾）

巻かれた風を頬に感じ、嫌悪感が迫り上がってくる。それに耐えられず、相模はトイレへと駆け込んだ。

同日午後十一時、明日香。

真っ暗な部屋の中、相模は一人、暖炉の炎を見つめていた。炎に照らされて赤白く浮かぶ顔。

パチッと何かがはぜる。眉一つ動かさない彼の顔の横を、炭化して薄くなった紙片が一枚舞っていく。

「郭か？」

突然、相模は人の名を呼んだ。感情を消した暗い声だった。

「……はっ」

少し遅れて小さく応じる者があった。音一つなく姿を表したその者は、上下の白い服を着込んだ郭　明観であった。

「遅くなりました、創始《そうし》」

「良い」

身を寄せ膝を付いた郭に対する声音は、どう贔屓目に見ても、そうは言っていない。

ミブロ初代団長は、今も現役の椎名である。大学講師であった相模は、創始者には違いないが、発起人にして後見人という役割を担うという形を採った。それで、団員は尊称として『創始』という呼び名を使っている。

「………」

「………」

郭は息苦しくなってきた。相手は、敬愛して止まないミブロ団長・椎名の恩師であり、ミブロの創始者である。怒っていることは明らかであるが、それを問い質すには相当の度胸を要する。

「あの…」

「椎名のことだ。手を抜いてこの時間という訳ではあるまい」

「はい」

「ならば良い」

再び重苦しい空気。実は、郭が怒れる相模を見たのは、これが初めてではない。

舞台は、六年前の京都である。

当時、京都は『最後の国籍抗争』と呼ばれる事態の渦中にあった。純血の和国人と在日あるいは混血の人々との間、特に二〇代から一〇代の若者グループの間において、潰し合いが起きていたのである。抗争は、しばしば一般人を巻き込む事態に発展する程でありながら、大半が両陣営の無計画な遭遇《そうぐう》戦であったために、州警察もその対応に頭を悩ませた。そしてマスコミは、無軌道な行動に出る若者等とそれを持て余す警察とを強く糾弾《きゅうだん》した。

そこへミブロも乗り出した。商店街等から依頼があったのである。相模は、抗争の原因として、マスコミが報じる睨まれた等の些細《ささい》かつ直接的なものを視野の外に置いていた。その様なことであれば、今起きる必要がないからである。それでミブロは、衝突の間に割って入り、怒号の飛び交う中で一言一言に応じ、真っ当な手段を採るよう諭すことに終始した。

そして、一つの悲劇が起こる。

二〇八一年の五月二〇日は、一際に雲の厚い曇天《どんてん》であった。いつものようにと言うべきか、

この日も和国人グループと在日グループとの間での衝突が起きた。逸早く現場に駆け付けたミブロは、双方の間に割って入り、この場を引くように促していた。

そんな中、在日側の一画が崩れた。それを持ち直そうと大男が飛び込み、次の瞬間に倒れた。その数分後、「これ以上、死者の霊前を穢《けが》すな!!」という咆哮《ほうこう》が、辺りの怒号を切り裂いて一帯に轟いた。咆哮は、双方の動きを止めるのに充分なものであった。その主が、相模である。彼の腕の中には、血まみれになって動かない大男が抱かれていた。相模は、憤怒の形相で、何憚ることなく大粒の涙を浮かべていた。「貴様等は！死者を出して、まだ騒ぎ足りないのか」二度目の咆哮は、双方をゆっくりと引かせていった。

郭は、その場の出来事の全てを見ていた。骸となった大男は、崩れた群衆の下敷きになりかけた郭を守って死んだのである。

一人の人間の死の共有。それは、若者等にとって衝撃であったのであろう。この一件以来、抗争は絶えた。少なくとも、国籍による衝突は、抗争から闘争へと移行していっ

た。

尚、その翌日、二一日に郭は頭を丸めてミブロ本部を訪れている。入団するためである。この時にあの恩人が、当時のミブロで最強であった人物、元祖三光の一人、桜庭《さくらば》幸一郎《こういちろう》ということを知った。郭は、それから祖先の地で生まれた武道をきちんと学び直した。団内最強目指して。


しかし、今見ている怒りは、あの日のものとは明らかに異質である。あの日の怒りは辺りを切り裂く紅蓮《ぐれん》色であったが、今のは辺りを呑み込む暗黒色である。

「それでは…」

「見るか？」

言いかけの郭に、一枚の紙が差し出された。気付けば、創始の手元には何枚かの紙があった。パチッと音がして、暖炉の炎から炭化した紙片が飛ぶ。興味を覚え、紙面に目を落とす。

「……では、やはり州議の件は、創始がやられたのではなかったのですね」

「私が、こんな粗雑《そざつ》なことをすると思うか？」

響きのない重い声がのしかかる。

「……いいえ」

これは、迫力に押されたからのものではなく、事前会議で聞いた椎名の言葉を思い出しての答えである。椎名は言った「先生は、こんな強引な手段を採りません。先生の身柄の確保は不可欠です」と。

「ふぅ……」

と、相模が息を深く吹く。

「お前を苛《いじ》めても仕方がないな。で、この先の計画は？」

急に華のある声と表情になった。世の小母様達を魅了《みりょう》するあれである。

「………」

ホッとはしたが、郭は付いて行けない。

「まだまだだな。椎名辺りなら、小言の一言でも言うところだぞ」

「は、はあ……」

そんなことを期待されても困る。

「まあ、良い」

「では……、これに着替えていただきます」

と、一組の麻の白い服を背負い袋から取り出す。

「修行服か…」

「教授服の方は、着ている者が限られていて目立ちますので」

「あまり着てやれなかったな」

そう言って徐にスーツを脱ぎ出した相模から、郭は身体ごと視線を逸らした。恐れ多さもあるが、それ以上に、この美貌の同性の裸体は直視するには照れるのである。

数字上三分の後に、着替えが終わる。街中では目を引きそうな姿だが、ここでなら充分だろう。

「こいつは、まだ必要だろうな」

相模は脱いだスーツから議員バッジを取り外した。

「右近さんが、改良の余地があると言ってました」

「なら持って行こう」

現役の衆議院議員にはあるまじき、バッジの扱いである。が相模にとっては、身分証というバッジの表の機能より、『鏡』の受信端末という裏の機能の方が重要なのである。個人情報のデータベースが存在する今、肉体がほんの一部でもあれば本人照合が可能なのである。

当初、個人情報管理、特に識別業務に関する民間企業の設立は大きな波紋を投げ掛け、その実現は不可能と言われた。DNA情報などの流出は、とんでもない被害と不当な利益をもたらすと考えられたからだ。

しかし、四十年程前に佐藤海人《さとうかいと》という保険会社社長にその許認可が下りた。最悪の場合に備えての保険という点を前面に押し出し、既に国家の元にある情報を高値で買い取ることを裏条件として、説きに説きまくったのである。佐藤はさらに狡猾《こうかつ》であった。この新市場が潰されない様にと幾つかの企業に声を掛け、しかも簡単に新規参入ができないだけの規模を互いに持ち合わせるまでと十年後の始業を約した。

そして現在。情報管理市場は、独占禁止法ギリギリの寡占《かせん》状態を維持し、政界への気前の良い献金で確固たる発言力を有している。尚、この市場への新規参入を計るには、他種であれば企業が数個起こせるだけのコストを要すると囁かれている。

ちなみに相模は、オンラインの管理会社二社に、オフラインのもの一社に登録している。複数契約は情報の改竄《かいざん》防止の基本である。

「次は？」

「混乱に乗じて脱出します」

「混乱？」

「この後、引き起こします。取り敢えず部屋を出ましょう。ここは深過ぎます」

淡々とした口調でとんでもないことを言う。

(段々、椎名の色に染まってきたな)

入団の日の愚直なまでに初々しかった丸坊主の郭を思い出し、創始は団内最強となった男の親御さんを気に掛けた。

スーツとコート、そして最後の新聞を暖炉にくべてしまうと、二人は部屋の扉へと身を寄せた。この外には、二人の小間使《こまづか》い兼見張り役がいる。

(瞬殺できるか?)

(お望みとあれば)

囁きに囁きで答える。

(……呼び込むぞ)

(承知)

意図を察して短く応えると、郭は臨戦体制を取った。相模が外に声を掛ける。

「起きているか?」

「何の用だ?」

応えはすぐに返ってきた。きちんと不寝番《ふしんばん》をしていたようだ。

「薪が足りぬ」

「暖房があろう」

「炎が良い」

「贅沢な」

「私の気分を害する権限があるのか?」

「……待っていろ」

そう言い残され、一人分の足音が遠ざかっていった。

五分と待たずに足音が戻ってくる。扉の前までやって来ると、「ズッ」という重たい物を置く音がした。鍵が開けられ、ノブが動く。

その刹那《せつな》。相模が一息に扉を引き開けた。意外な出来事に、小間使いがよろめいて部屋へ転がり込んでくる。その首筋に手刀を落として昏倒《こんとう》させると、郭は室外へ飛び出した。目が合うよりも早く残りの一人の顎を蹴り上げて行動を停止させると、後ろを取って締め落とした。

「見事」

「恐れ入ります」

郭にとって大したことではなかったのだろう。嫌味《いやみ》なぐらいに端然《たんぜん》としている。

床に伸びた二人を部屋の中まで引き摺ると、鍵を掛けてそこを後にした。


時間帯のせいであろう。賓客用の客間以外には、大講話室と高敏の居住空間しか入っていない館は静かであった。

二人は、何事もなく一階、感覚としては二階、へと上がる階段の昇り口に辿り着いた。

「この先は見回りが多かったろう」

「はい。セキュリティーに関しては、あまり機械を…」

応え掛けのところで、郭の腰を振動が襲った。会話専用の小型通信機である。

「失礼します」

「構わんよ」

律儀に断ると、郭は通信に応じた。

「花一《はないち》」

「…。…?」

「万事」

「…。…」

「承知」

短い遣り取りを終えると、郭は通信機をしまった。

「あと二十六秒です」

「わかった」

正確に二十六秒、通信終了からは三十秒後、

『!!』

爆音が轟いた。それを合図に二人は走り出す。一気に階段を駆け昇り玄関ホールへと上がる。

「何をしている！御子様をお守りしろ！」

そこらで呆然《ぼうぜん》としていた信徒らに、御丁寧にも相模が声をかける。

「そ、そうだ！」

「御子様をお守りしろ！」

思考の空白に『御子』の名は強烈だったらしい。ホールに居た信徒らは館の奥へと駆けていった。手分けも何もあったものではない。

ホールに残ったのは、相模と郭の二人だけであった。

「凄いな」

「急ぎましょう」

「ああ」

二人は無人の玄関をくぐった。


館の外は混乱の極致であった。

白い服の信徒が秩序の欠片もなくあふれ、あちらこちらから、

「冒とーく！」

「冒瀆者がでたぞー！」

という叫び声と喚き声が響いている。

『!!』

『!!』

続けざまに二つの爆音と閃光が重なる。それに前後してあらぬ方から火の手が上がり、空を

赤く照らした。

「NDじゃないのか？」

NDとは、ミブロが集団制圧用に開発した擬似爆弾である。火力や衝撃波はないのだが、物凄い爆音と閃光が走る。至近の者は視覚と聴覚が麻痺し、かつ思考停止に陥って、しばらく身動きが取れなくなる。

「その筈《はず》です。予想以上に混乱しているのかもしれません」

「脆《もろ》いな」

との相模の感想は酷であろう。想定はし得ても、こういう事態は起こらないのが普通なのだから。

「急ぎましょう」

二人が走り出そうとすると、一人の女が立ちはだかった。

「どこへ行く！相模　晋」

「君か」

既に知り合いらしい創始に、郭が小声で聞く。

（お知り合いですか？）

（新幹線で私を掠った実行犯だ）

（討ちますか？）

（どうしたものかな…）

相模は躊躇《ちゅうちょ》した。

「どこへ行く？」

「決まっているだろう。君にずらされた予定を元に戻しに行く」

「お前の居るべき場所はここだ」

女が構えたのに応じて身構える郭を、相模が片手で制する。

「女性とは、やり合いたくないのだが」

「男尊女卑か？時代錯誤だな」

「女尊男卑。感覚の問題だよ」

「笑止！」

女が飛び掛かろうとした瞬間。

声と共に郭が相模を抱え込んだ。

「伏せて！」

『!!』

爆音と閃光が三人を襲った。

（！）

郭のお陰で閃光に目を焼かれることはなかったが、爆音の影響は免れ得なかった相模の手を何者かが引いた。全く抵抗できずに引かれるままになる。遠くに女の声が聞こえたようにも思ったが、未だ過負荷の中にある耳では判じ得なかった。


「何事か！」

御子は不機嫌の極みにあった。笑い話のような規則正しい生活をしている彼にとって、この時間は文字通りの深夜。寝夜と書き替えても良いくらいである。

「はっ。恐れ多くも神なるこの地を穢す者が表れ、目下その掃討に努めております」

応えたのは、直言を許された、教授の地位にある者の一人である。

「冒瀆者か…」

「そのような穢らわしい言葉を口にしてはなりませぬ」

御子は、その聞き飽きた教授の口上《こうじょう》を聞き流した。

（ここ数代、絶えていたというのに……）

神祖教において、人災や天災は、失徳《しっとく》の表れと考えられている。一見、一枚岩に見える教団であるが、それは神祖教が持つ宗教としての力に依っている。当代の御子・高敏は、確かに希代の個人的実力と魅力とを有してはいる。が、それも神祖教に反するとなれば、廃帝の憂き目を見ることになりかねない。

「御子様！」

「出過ぎぞ！井戸ノ上」

「申し訳ございません！」

部屋へ駆け込んできた修業服の信徒は、教授に咎められ、叩かれたように平伏した。

「何事だ？」

教授が聞いた。

「はっ。相模、……相模様の姿が見当りません」

「相模が？」

「どういうことだ？詳しくお話し申し上げろ」

「はっ。この騒ぎの中、世話係がどちらも上がって来ず。賓客に非礼を働いてはいないかと危惧し様子を見に行きましたところ、二人の姿が見えず。

部屋を確認致しましたところ、鍵が掛かっており……、中には、気を失った世話係だけが」

「馬鹿な……」

御子は、それ以上の言葉を継げなかった。確信があったのだ。同じものとして必ずや同じ選択をする、と。

「御子」

「馬鹿な……、あの者は、あの者は…」

「最早、相模　晋が我らと袂《たもと》を分かったのは明白」

年齢において一回りの年長である教授は、諭すように言った。

「そんなはずは……」

「力だけを持った愚者であったのです。放っておけば必ずや仇となりましょう」

「あの者は…」

「あの者は、愛すべき信徒を傷付けたのですぞ！」

「……」

抗し得ない事実を突き付けられ、御子は教授等に背を向けた。その背に対して教授は続ける。

「御子、見誤ってはなりませぬ。御子の御志は神なる世への回帰であって、あの者と歩みを共にすることではありませぬ。それに、既にしてあれ程の者とお会いになられたのであれば、この先必ずや、御子と共に歩むべき真なる者とお会いになられましょう」

「……」

「どうぞ、御聖断を」

「……」

御子は窓の外を見つめていた。

そこに広がるのは、純なる白を帯びた木々の海。神祖において最も崇高とする色を積もらせた太古の森。彼の物らは月明かりを奏でるかのように返して見せ、その清らかな美しさで、御子の傷心を癒した。

『!』

穢された。瞬間、人工の閃光が自然の光を斬り裂いたのだ。無神経な仕打ちによって現実に引き戻された御子の耳に轟音が届く。轟音は、御子の中にまで入り込み、鼓動を鞭打った。

「事実を直視なさい!御子!」

「……討て」

「御子?」

「あの愚かなる逆賊を討て!」

『はっ!』


「……。………?」

「!」

手を引く者の親しげ顔には覚えがあった。

「タケルか?」

「…」

観世タケルは、声で答える代わりに笑顔を見せた。耳はまだ無理だろうと思ったのだ。観世も白い修行服に身を包んでいた。混乱を引き起こす実働部隊の指揮を務めているのである。

「もう少し、手を選べ」

少し後を走る郭も同意見らしく、観世を見る目が冷たい。

「クスッ……、耳は大丈夫ですか？」

「幾らかな」

「でもああいう場合、創始は手を出せなかったでしょう？」

「それはまあ…」

「それに、長居は無用」

「………」

ここは観世に分があるようである。

三人に増えた一行は、正門を目指して駆けた。暗い夜にもその姿が浮き上がる、白い瀟洒《しょうしゃ》な門柱を持つ門である。が、未だ視界には入っていない。

「冷えるな」

雪の降るこの季節、麻では保温性に欠けた。

「だから修行服なのでしょう」

「なるほど」

三つの山にまたがる神祖教本山をほぼ縦断し終え、騒ぎのほとんどを後方に聞くようになった頃、ようやく門が見えた。

「相模ぃー！」

門の手前二十メートル程のところに、敵意を剥き出しにした男が仁王立ちでいる。その背後には、一見して十を超えると分かる信徒の集団。

「知ってます?」

「高敏のお付きだ」

観世の問いに、相模は走りながら答えた。

「行くぞぉ!」

『お付き』と呼ばれた信徒、井戸ノ上広男《いどのうえひろお》、は、早々に突撃の号令をかけた。身命を賭して仕える御子様への裏切りに、怒りの炎を燃やしているのである。

「抜け道があったのか」

「ずるいなぁ」

「十六。討ちますか?」

「NDは?」

「さっきので最後です」

『使えんな』

「ヒドいや…」

実りのない会話をしている間に、相模の方針は決められた。

「取り敢えず、伏せよう」

そう言った相模の視線の先、信徒の頭上で赤い光が点滅し、

『!!』

閃光と爆音を放った。その後には、放心状態でへたり込んだ信徒が残された。

「ご無事か？　創始殿」

「ミブロは洗練さが売りじゃなかったか？」

投げ掛けられた問いに、何とかＮＤの影響を免れた相模は不満の声を上げた。

「無駄に打ち合わないのも洗練の内」

「斎藤さん、もう来ちゃったの？」

「申し訳ありません、組長。向こうが肚を括ったらしくて」

ミブロ特士隊風組・斎藤《さいとう》一《はじめ》。新選組の大ファンだという祖父によってミブロへ押し込められた男である。入団の経緯はどうあれ、この長身の性には合っているのだろう。

『組長！』

「組長」

井上仁助《いのうえじんすけ》、義助《ぎすけ》の一卵性双生児に、松本早苗《まつもとさなえ》と、残りの組員も各々姿を表した。

「みんな、来ちゃったんだ。足止めしなきゃいけないのに」

「これで全員なら問題ないんじゃないか？」

相模にそう言われて、観世は自身の周りを見回した。救出の対象の相模、その実行に当たる

郭、援護・攪乱《かくらん》をする風組の五人。

観世は、ポンと手を打った。

「あ、そっか。

総員退却！」

「逃がさんぞぉ！」

抜けるような観世の声を地面に叩き付けたのは、あの井戸ノ上であった。未だ回復できずにいる信徒の輪の中で、唯一人立ち上がり咆哮を上げている。誰よりも篤い信仰心が彼の身を扶けたのだろう。

「タフだなぁ」

「構わず行くぞ」

相模は、そう言うと走り出した。

「確かに」

郭、風組とその後に続く。他に選択肢はないのだ。

当然、井戸ノ上はその前に立ちはだかる構えを見せる。一方の相模は、それに応じるかの様に真直ぐに走っている。

「そうだ、来い！相模！」

討つべき者の接近を嬉々として迎える井戸ノ上と、そこへ向かって突っ込む相模。その二人

が将に重なろうかという一歩手前、

「またな」

両足で踏み切った相模は、井戸ノ上の後頭部に手を打ち付け、跳び箱の要領で飛び越えた。

「ブッ」

跳び箱の方は、いきなりに倍となった体重に耐えられず、地面に突っ伏した。顔から。

「あれは非道《ひど》い」

「かわいそう」

「構わず行くと言ったろう」

相模は、さも当然といった顔で応えた。

一行は残りの二十メートルを走りきると、次々と門を乗り越えていった。


「で、取り逃がしたと」

「はっ、申し訳ございません」

教授の詰問に、鼻に詰め物をした井戸ノ上は消え入りそうな声と姿勢で応えた。

「正門の復旧には、どれぐらいかかる?」

これは、御子の問いであった。

「お答えしろ」

「通るだけでしたら、一時間後には」

「その頃には京都であろうな」

御子の呟きに、井戸ノ上はこのまま消えて無くなりたい思いであった。その思いはそのままに、あの相模への憎しみへと昇華する。この地から逃げ果《おお》せるばかりか、小賢しくも、高潔なる神祖教本山正門を低俗なる廃車を以て破壊するとは。許すまじき所業とは、正にこのことである。

教授は、怒りに震える信徒を見下ろした目線を御子へと移した。

「如何いたしましょうか?」

「外に動いてもらう。奈良を出る前には拘束を」

「それを失したならば?」

教授の問いに、御子は眼光を変えた。

「それが望みか?」

「いえ決してその様なことは。されど、備えはどれだけ手を尽くしておいても、行き過ぎは無いかと」

「……その時はもう良い。各州議への手回しに専念する」

「仰せのままに」

教授が席を立つと、それに遅れないようにと信徒も立ち上がりそれぞれ部屋を後にした。

自室に一人になった高敏は、虚空を見つめて問うた。

（なぜだ？なぜ分からぬ？……）


その頃、問われた相模は車中にいた。同乗者は、彼と共に再びの着替えを済ませた郭、玉置久美、助手席に座るミブロ特士隊月組・酒井《さかい》望《のぞみ》、そしてハンドルを取る月組・黒川雄太《くろかわゆうた》である。

「目立つ面子《めんつ》だな」

「創始がいらっしゃれば、そうでもないでしょう」

応えたのは玉置である。

「だと良いが」

相模の心配は、別の内容において顕現《けんげん》した。

「！……」

「右近か？」

「おそらく…」

郭が、振動で訴える通信機を取り出した。

「花一」

「…。…」

「…詳細を」

「……」

「承知」

「…」

「はい」

通信を切る。

「奈良の州警察が動いたそうです」

「私を捕らえる気か?」

「はい。検問を展開していると」

「だそうだ。行けるか?」

「もちろんです」

と、運転席の黒川は力強く請け合った。

深夜の道々を小賢しく飛ばした車は、四十分程で州境に出た。

「……創始」

「検問だな」

黒川の頼りない声に先を見やると、お馴染みの赤い灯火が振られていた。三台のパトカーが配され、備えは充分である。

「これ以上は……」

「降参か？」

「うーん。……突っ切りましょうか？」

「はっはっは…」

「創始、笑ってる場合ではないかと」

玉置が、苦言を呈《てい》する。

「……止むを得まい。郭」

「はい」

「私の腕を折れ」

相模は左腕を差し出した。

「創始？」

「左だ。さほど支障はない」

「いや、そういうことでは…」

突然の、しかも意外な命令に、流石の郭も狼狽える。

「酒井、怖ければ耳を塞いでいろ」

「はい……」

酒井は、素直に耳を塞ぎ目を瞑《つむ》った。一際に青褪めた顔をした酒井へ気を掛けてみせたところを見ると、決してとち狂ったわけではないようだ。

「……良ろしいのですか？」

「折れ！ 時間がない。玉置、応急処置の準備」

「承知」

使えそうな物を探し出した玉置を見て、郭は肚を決めた。

「……承知しました」

「きれいにな」

郭は相模の左腕を手に取ると、前腕部尺骨、肘から手首にかけての部分の内側、に膝を当てた。

「行きます！」

『！』

痛々しくも鈍い音と共に、相模の腕は折れた。すぐ様、玉置が丸めた雑誌を当てて固定する。

「………」

「創始！」

「……良くやった、郭」

痛むのだろう。そう言った相模の額からは汗が吹き出していた。

「いいか……、これからお前たちは赤の他人とする。……行きずりに拾った。それで押し通す。

黒川……、畿州附属まで走れ」

「承知！創始をお願いします」

真意を飲み込み、黒川はアクセルを踏み込んだ。パトカー相手のカーチェイスの始まりである。

十二月二八日午前一時、京都左京区・畿州大学附属病院救命救急科。相模　晋の騒々しい生還は、そこで受け入れられた。

相模を乗せた車は、奈良州と畿州の両警察から三台と五台、計八台のパトカーを引き連れて病院表玄関へ到着した。ようやく止まった車を取り押さえようと奈良州の警官らは躍り出たが、その機先はすぐに畿州の警官らによって削がれた。ここは畿州警察の縄張りなのである。が、一方の奈良州側にも、ここまで追ってきた正当な理由がある。普段なら長くなったはずの睨み合いだが、それはすぐに解消された。渦中の政界の貴公子、民政党党首・相模が、真っ青な顔をして、抱えられる様にして車から出てきたのである。左腕が何かで固定されているのも見て取れた。

畿州警察機動隊第二小隊長・奥田浩樹《おくだひろき》は、内心高笑いであった。不本意極まりない疑惑を晴らすチャンスが転がり込んできたのだ。

「これは一体、どういうことだ！」

奥田は、高らかに奈良州の警官を詰問した。

「こ、こんなはずでは…」

「はず？はずとは何だ？」

「い、いや…」

「怪我を負っておられる相模氏を、君達はここまで追い掛けてきた。この事実を、どう説明してくれるのだ？」

「………」

奈良州側は返答できずにいた。

真相を知っている郭にしてみると、心苦しさを覚える状況であった。しかし顔見知りの警官、もちろん畿州側、が「早く行け」と合図するので、相模を抱えて病院の玄関をくぐった。


同院・一般病棟。

「変わらないな」

空になる前に栄養剤の点滴を外すと、医者が言った。

「そうか？」

医者の作業を眺めながら、相模は応えた。

「こんな無茶をするところは相変わらずだ！」

「ペチッ」と明らかに故意ある仕草で、

「あぐっ……」

真新しいギプスを叩く。

「……それでも医者か？」

「ああ、医者だ」

「……」

揺らぎの欠片もない表情に、相模は形だけの睨みで反撃した。

医者は、長谷川恵子《はせがわけいこ》という救命救急医である。均整の取れた長身に後髪を刈り込んだヘアスタイル、そして中性的な容貌。バストが目立ち始めてからは減ったそうだが、十代の頃は男の不良に絡まれることもしばしばという程の美少年ぶりであったそうだ。それから二十年の月日が経って麗しさの加わった現在は、本人の話によると、実家のある摂津州宝塚市へ近付けなくなったらしい。相模とは学部違いの同期にあたる彼女は、相模がミブロという生傷の絶えないものに手を出したことで知り合った友人である。恩を買ったことは数知れず、頭の上げようのない友人ではあるが、それだけ頼りになる人物でもある。

「また泣かせたんじゃないか？」

付き合いの長い長谷川にとって、この場に居ない話題の人物、秋月紗弥はかわいい妹分である。その明け透けな想いに対して、この男はつれない態度でいるのだから、きちんと苛めておかなければならない。

「う、……ん」

「まあ、自覚があるなら良しとするか」

友人の反応に、長谷川は同性からの人気が圧倒的であるその顔を綻《ほころ》ばせた。

「他に必要なことは？」

ここに来た以上、融通を求めているのは自明である。

「相模　晋がここにいることをマスコミ各社に伝えること。母さん、紗弥、ミブロの者以外は通さないこと」

「前者は良いとして、後者は理由が要るだろう」

「その辺は任せる」

「無茶苦茶だな……。村瀬議員には会わないのか？」

意外な人物の名前の登場に相模が驚く。長谷川が政治に関心を示すなど、ついぞ無かったことである。

「詳しいな」

「毎日、ＴＶに出られれば嫌でも覚える。なかなか精力的だぞ」

「評判は？」

「いまいちだな。品が無い」

「なるほど。性格は正直なんだがな」

「信条に対してなら受けも良いだろうが、欲望に対してでは…」

「コッコッ」というノックの音に、二人が視線をそちらに移した。

「……………」

「誰です？」

「ガチャッ！」「ドサッ！」「パタパタ！」「ガバッ！」という四つの音が、ほとんど一遍に鳴った。

「せ…」

「シーー」

飛び込んできた顔の口元に人指し指を当てて静かにさせる。涙を溜めたその瞳に、うるさくしたことには目をつぶり、「ただいま」とだけ言って、紗弥の頭を撫でた。

「おかえりなさい……」

文字で書けばこうだが、実際には五十音にはない発音をも動員して何とかそう応えた。でもそこまでが限界で、泣き出してしまった。それをやさしく撫でて気持ちを汲んでくれる。

「お帰り」

新たな声に、晋は顔を上げた。母、足立政子であった。

「……ただいま」

「元気そうね」

「裏向きは」

「しばらくはゆっくりできそう？」

「静かにはなるでしょう」

「そう」

四十年以上政界を見つめ、三十年以上我が子を育ててきた母は、それだけで気が済んだらしい。

「後は、紗弥さんにお任せするわ」

「あ、御母様！」

立ち上がって涙を拭った。

「紗弥さん。晋をお願いね」

「でも…」

「お目当ての人物はここに居るのだから、もう大丈夫でしょう」

「……分かりました」

紗弥の答えを聞いて微笑む。

「晋」

「はい」

「紗弥さんを大事になさいね」

「…………………」

困った表情での長い間を「否定はしない」と好意的に受けとめて、母は微笑んだ。それで、ますます晋は困った顔になる。

「それじゃあね。たまには家にも帰ってらっしゃいよ」

「私が送りましょう」

「あら、看護婦さん達に妬まれそうね」

「ははっ…。

相模、頼まれたことはやっておくよ」

「…ああ」

母と医者は病室を出ていった。

相模と紗弥は二人きりになった。

「………」

「………」

何を、どこから、どう話して良いのか分からず、沈黙が流れる。

そこで取り敢えず、紗弥は右手側に回って甘えてみる。話をするよりこちらの方が良かったらしく、その頭を撫でてくれる。

「先生」

「ん？」

「最後に二人っきりになったの、いつだったか覚えてますか？」

「……今年の二月だったか？」

「そう、先生が風邪で寝込んだ時。そして、今が怪我をして入院。何か、いっつも看病してばっかり」

「………」

さすがに情けなく、ぐうの音も出ない。

「何か言うことは？」

「……愛想がつきたか？」

「もぉー！また、そういうこと言う！」

「痛っ！」

いっそのことギプスをはたこうとも思ったが、足をつねることで許すことにした。はっきり言って子どもの戯れ合いなのだが、紗弥は後にも先にも恋愛の対象にしたのは相模しかいなく、相模の方も今以上に踏み込んで来ないのだから、仕方がない。

「もう寝る！お休み」

そう言って、紗弥はソファーベッドへ行ってしまった。

患者の精神衛生上、病室は個室が基本である。また最近では看護人への支援も充実しており、各病室に簡易なベッドを備え付けておくのは常識である。

（……どうしたものかな）

相模は、ベッドとは反対、カーテンの引かれた窓を見つめた。

同日午前七時、織州大学附属病院の前は賑わっていた。朝のニュースにと、各局の報道陣が集まっているのだ。

「変わらないな」

白い綿の寝巻きに浅葱の綿入れを羽織った相模は、病室の窓辺から下の様子を見下ろしていた。

「起きているか？」

やって来たのは長谷川である。

「お早う」

「はよう」

相模にはおざなりに、

「お早うございます」

「うん。お早う」

紗弥には笑顔を付けて応える。

「何か違わないか？」

「気のせいだろう。

それより外の連中、何とかならないか？」

「私の意思ではないからなあ」

「あれでは、急患が出た時にどうなるか分かったものではない」

「それは不味いな」

再び窓の外を見下ろす。確かに、中継車まで居ては邪魔であろう。

（あれを避けている間に死なれたら、誰が責任を取るのだろう？まさか、私ではないだろうな……）

稀ではあろう。が可能性としては、人命に関わる緊急性が当然に想定される場所に中継車なんぞを乗り入れた者に、過失、避けられるのにそうしなかったことによる、責任を追及できよう。

「コンコン」随分と規則正しいノックの音である。

「椎名か？」

「御名答」

そう応じて入ってきたのは、椎名、本上、鶴岡、郭の四人であった。

「御久しぶりです。御元気そうで」

「二君を仰いではおるまいな」

「他に面白そうな主君はいませんよ。先生こそ御変わりありませんか？」

「変わる必要がどこにある」

ほぼ一年ぶりの再会になる師弟は、いささか刺々《とげとげ》しい挨拶を済ませると、固く握手を交わした。

「先生、御無…」

「有事！」

と、口上の途中で左腕を突き出されたが、

「……御有事で何よりです」

本上は負けずに返した。

「少し会わぬ間に、椎名が移ったか？」

「人を病原体みたいに言わないでください」

「元々のホストは相模だろう？」

「長谷川…」

「先生のことを悪く言わないでください」

「だがな…」

「私の勝ちだな」

「もう、先生も調子に乗らないの」

「秋月さんの一人勝ちですね」

「これでは、もう手遅れかもしれないな」

「僕より長いですからね」

「別に良いもん」

「あの、本題の方は?」

『ノリの悪い奴』

「そんな、秋月まで……」

哀れな鶴岡への集中砲火で、実りのない会話は一段落した。郭は、巻き込まれないようにと黙っていた。これが賢い選択であったようである。

「で、何用だ?」

相模の問いに、椎名が応じる。

「これから、どうされるおつもりかと」

「年を越すまで先送り」

「後回しでしょう?」

「いいや。その間は全部、準備の時間だからな。やはり先送りだ」

「なるほど」

　一応の納得をしておく。

「右近」

「はい」

「『盾』は奪われたのだな」

「……はい。申し訳ありません」

　俯く鶴岡に相模は言う。

「構わんよ。日下の『冠』が完成すれば取り戻せるのだろう?」

「はい。必ず」

「ならば良い。

　で、いつの話だ?」

「奪取時点となるとはっきりしません。が、十一月二日には制御を切られています」

「十一月か……」

　椎名が一歩前に出る。

「その頃から、管区隊に行っている者との連絡も途絶えがちになっています」

「何が言いたい？」

「御気付きでは？」

「声に出せ」

相模の命に、椎名は少し間を置いた。

「……では。

一連の動きの主犯は神祖教教祖・高敏。その最大の実行者は近畿管区隊。神祖教もしくは管区隊は、『盾』を何らかの形で入手し、和国の情報網を掻き回しているものと思われます」

「何らかとは？」

「裏切り」

病室内を動揺の波が襲う。

「……見限りと言う方が当たりかもしれんな。時期は九月、それも重陽の節句の前だろう」

「それでは、藤原首相と連絡ができなくなったのは…」

「『盾』の実験だろう」

本上に応える相模の顔が険しい。

「……そんな」

鶴岡は力なく肩を落とした。自分が手塩に掛けたものがそんな使われ方をするとは、おそらく死ななくて済んでいた人々もいたはずである。

「右近。力に正邪の区別はない。門違《かどちが》いに己れを責めている暇があるなら、『冠』の完成を急げ」

「……はい」

鶴岡はこぶしを握っていた。

「それと、新たに頼みたいことがある」

「何なりと」

「州議の情報はどれだけ探れる？」

「時間と質によりますが…」

「来年一月五日まで。ありとあらゆる情報が欲しい」

「『槍』が使えますが？」

「止めておけ。足がつく」

「それですと、丸裸とは行きませんが…」

「全力を尽くせ。それで充分だ」

椎名が会話に割って入る。

「その様な情報、どうされるのですか？」

「決まっているだろう。使うのさ」

相模は淡々とした口調で答えた。いっそ不敵に笑ってくれた方が、まだ恐くない。

「さっそく頼めるか？」

「承知」

敬礼をすると、鶴岡は病室を後にした。

「さて、どうやって時を延ばすかな……」

「そのままＴＶに出られてはどうですか？」

「そうしてくれると、こちらも助かるな」

椎名の提案に長谷川が乗る。

「……車椅子、借りられるか？」

「それぐらいは仕方がないな。用意しよう」

癒されるべき被害者であり負傷者である相模は、わずか五分間の会見を行った。拙《つたな》くも一方的に話すという形を取ったため、報道陣にとっては消化不良であったろう。が、文章での遣り取りには応じるとの明言を付け加えたため、少なくとも病院前を騒がせないことにはなった。

将たる者、時には芝居の一つも打てなければならないのである。

同日午前一〇時、相模の病室。

報道陣同様に消化不良にある人物が、ずかずかとやって来た。

「せ、先生、困ります！」

「相模君！」

看護婦が止めるのも聞かず、来訪者は戸を開けた。

「！……」

「……」

「……」

「いつまで、そうしていらっしゃるおつもりですか？」

「し、失礼した！」

聞かれて、来訪者は慌てて戸を閉めた。病室の滞在人である相模は、その目映《まばゆ》い身体を拭ってもらっていたところであった。

（な……、何だ、この動悸《どうき》は？）

自身の鼓動に気付いて戸惑う。男にときめいた等とあっては、妻の他に三人もの愛人、もちろん全員女性である、を抱えている村瀬静夫の沽券《こけん》に関わる。

（……驚いた？　そうか！驚いたのだ。きっと、そうに違いない）

そう考えると、村瀬は気持ちの整理に努めた。

しばらくして、

「どうぞ」

と、相模の病室から顔を出した愛らしい女が呼んだ。

(何だ、ちゃんと女の魅力が分かるじゃないか……)

ホッとした村瀬は、一先ず謝罪をと思いつつ病室に入った。

「先程は失礼した」

「いいえ、お構いなく」

相模は、白の寝巻き姿で居た。

背後から冬の日差しを受けるその姿に、村瀬は息を飲んだ。目の焦点が他に合わず、ここが何時の何処であるかを忘れさせる。視覚の影響に嗅覚が狂ったのか、畳の匂いさえ感じる。

(……何なんだ、この艶かしさは)

「………」

「何か、ご用がお有りなのでしょう?」

不思議そうにそう聞かれて我に返る。

「う、うむ……。

朝の会見のことなのだが……。その休養とは、いささか悠長ではないかと」

「ここを出入りした者の話では、先生には精力的に活動して頂いたとか?」

誉め言葉に鼓動が高ぶる。

（……私は一体どうしてしまったのだ？）

「ま、まあ、そうかもしれないな……」

「しかし私は、ご存じの通り、この一週間何もしていません。何が、どの様に、どこまで話されているのかも存じ上げません」

「それは、これから…」

「いえ、今から私が関われば、済んでしまった話を蒸し返し、却って問題を長引かせることにもなりかねません。それよりも、竹内首相からの信任の厚い先生に、この先もお願いしたいと考えています。この通り、まだ無理が利きそうにもありませんし」

（そ、そんな顔で私を見るな！）

「………」

「私の望みは、この京が戦火にさらされないこと。その担い手は、誰であっても構いません」

「相模君……」

「村瀬先生が全てをなしてしまわれるなら、それで良し。美味しいところを残しておいてくださるのも、また良し」

「う、うむ……」

「全権をお任せいたします。どうぞ、京をお願いいたします」

相模は布団を出ると、ベッドの上で正座し、頭を下げた。

村瀬は心を決めた。

「分かった。後のことは任せなさい。相模君、君はきちんと養生して、一日も早い復帰を考えたまえ」

（美しいものは美しい！それで良いじゃないか！信長だって蘭丸を侍らせていたんだ）

特殊な事例を一般化することで、村瀬は自己の気持ちの整理に成功した。

「よろしくお願いいたします」

「うむ」

村瀬は、意気揚々《いきようよう》と病室を出ていった。

それを見送って視線を移すと、未だ閉められた扉を見続けている紗弥に気付く。

「……………」

「どうかしたのか？」

「さっきの人。先生を見る目が変だった」

「変？」

「うん。……何か好きな人を見る目だった」

「ふーん」

「そう思わなかったですか？」

「さあ、見てなかったからな」

「ひどーい！」

紗弥が非難の声を上げる。

「見たくないものは、見たくない」

「じーっ」

「………」

「私の怒った顔は、見ていたいんですか？」

「………」

相模は答える代わりに紗弥の頭を撫でた。ずるい。


この二日後、十二月三〇日に衆議院議員・村瀬静夫は東京へ帰ってしまう。

生きて相模　晋が存在する。増える一方の交渉先に出向く度に、その重さを思い知らされ、手を上げたのである。彼は潔く帰京を決めた。

斯くして近畿管区隊への説得工作は、相模の暗い方の思惑通りに、来年に持ち越されることとなったのである。

第六章　夢の終わり

明けて二〇八八年一月五日、畿州京都市。

「ようやく、始動だな」

よく晴れた朝の日差しを受けて、相模は片腕だけでの伸びをした。

場所は、中京区に設けられた相模の事務所である。結局ささやかにはならなかった退院は、昨日、一月四日のことであった。その後の行動の拠点には、足立の家も選択肢にあったが、やはり地元事務所に決めた。

紗弥が用意した朝食を、母と同じ味に戸惑いつつも、食べ、久しぶりにスーツを着込んだ身体には心地よい緊張感があった。栄養第一の給食に、着流し、そして何より、思考実験が関の山である病室では味わえなかった感覚である。

大音響によるRichard Wagner 作曲「The Ride of the Valkyries」が流れる中、形ばかりの

ノックの音がする。

「お早うございます」

「お早うございます」

顔を出したのは本上と郭であった。二人ともきっちりとしたスーツ姿である。

「お早う」

「壬生からの情報が入りましたが」

「すぐに見よう、と言いたいところだが…。なぜ、郭がここにいる?」

そう聞いて、相模は抽斗も付いていない簡素な机についた。手にして来たノート型端末をそこへ出すと、本上は紅茶の用意を始めた。

「はい、創始の護衛をしようと思い、参りました」

「護衛か……。壬生に頼まなくても東京からのＳＰも来ているし、必要ないと思うが?」

「あると思います」

「理由は?」

「一つ、先日の失敗。二つ、神祖の影響。三つ、中央の影響…」

「四つ、椎名の恩の売り付け。五つ、私の左腕。といったところか?」

「!……はい」

郭の思いは見通されているらしい。

「小生意気な椎名の意向はともかく、左腕のことは気にするなと言わなかったか？」

「しかし、私には……」

「できぬか？」

「はい」

その返事のあまりの快活さに、相模が微笑む。

「やれやれ、だんだん似てくるな」

「？」

「苦手でしたからね」

紅茶を差し出しつつ、本上が応じる。

「正々堂々、四方丸く収まらないと気が済まない質《たち》だったからな」

「！……」

話題の対象に気付いて郭は黙った。まだ自分は、その人について、あれこれ言える立場ではない。

「正直でしたからね」

「ああいうのは、バカ正直と言うんだ。

嘘を付いていると眉が上がるものだから、その上げ下げで結局本当のことに行き着く。お陰で、何度陰謀をフイにしたことか」

「二度だけですよ」

「……余計なことを覚えてるな」

「友の名誉のためです」

「何が名誉だ。三度目、使わないように進言したのは明じゃなかったか？」

「椎名ですよ」

「そうだったか？ 記憶違いか…」

「ええ。きっとそうです」

「やっぱり、明じゃないか」

「まあ、そういうことにしておきましょう」

ぬけぬけとそう言う本上に、相模は嫌な顔をしてみせた。が、何時までも蚊帳の外に置いておく訳にもいかないため、本題に戻ることにする。

「どうしたものかな」

「……………」

郭はただ下される裁定を待った。

「……はぁー。目標にしていれば自ずとそうなるか」

「！」

「うれしそうに……。

相分かった。側にいろ」

「はい！」

「但し、私はこき使うぞ」

「承知」

郭は、最敬礼で応えた。

「それでは、私は入り口におります」

「任せる」

一つ頭を下げると、郭は意気軒高《いきけんこう》と部屋を出ていった。

それを見届けると、相模は両手を上げてみせた。論でないところで動く相手を言い負かすのは、相模　晋を以てしても至難の業であるようだ。

「こちらが壬生からの情報です」

本上は、手にしてきた端末を開いて起動させた。主人の嬉しそうな表情には敢えて触れずに、話を進めることにしたのである。ここで、わざわざ機嫌を損ねる野暮はない。

「ほーう、これは、これは……」

ディスプレイには、近畿一円の州議会議員、州役人のそうそうたる面々の氏名が並んでいた。その脇に数文から十数文のコメントが添えられている。

「……重傷だな」

「全て使われますか？」

「いや……、結果として良ければ責める必要はなし。責めるにも……、この機会に相応しいものばかりでもなし。贄《にえ》は五人。それで、州議は止まるだろう」

相模は、別の端末を引き寄せると文章を起こし始めた。

一時間程、内二割は片手で打ったために生じたタイムロスである、をかけて、同じ形式を採った五つの文面を仕上げる。内容とその問題の次元はそれぞれだが、政治に関わる者としての適格の合否を問わせるには充分の告発文である。

その間に、本上は壬生の情報をディスクへの記録を兼ねて編集する。使い勝手を良くしておくのも、後々に必要な備えである。

「推敲と印刷は任せる」

「はい」

端末を受け取った本上は、それぞれの文を同内容でも個性を極限まで排したものへと書き替えた。

この主人は、思い浮ぶままに言葉を表記することに対し、何ら抵抗を持たない。演出を要する所信表明演説などであればそのままで良いだろうが、こういう非公式な返り討ちを受け得る場合には危険が過ぎる。この美点とも欠点とも取れる主人の性質を知ったのは、大学の最初の講義でのことである。未だ講師に過ぎない者による、二単位の個別具体的な分野の講義であったが、その好き嫌い分かれる時間に本上は魅入られた。それが、本上にとって幸であったのか不幸であったのかは、判断の分かれるところであろう。

三十分で書き替えを終える。

「こんなものでしょうか?」

「……」

「不満そうですね。それでは印刷を」

「ああ」

仕上がった無味乾燥《むみかんそう》な文面に、不愉快極まりない表情でそう応えると直ぐにそれを崩した。八割は演技である。

「何通作りましょうか?」

「信憑《しんぴょう》性を保てる程度で、出来る限り多く。速効性は欲しいが、怪文書なんかにされてはつまらない」

「対陣、TV、新聞、州警察、検察…」

「後は裁判所だな」

「国会はどうします?」

「いらないだろう。摩擦の果てに喧嘩別れというシナリオは頂けない」

「承知」

本上はそれぞれを八通ずつの計四十通作った。手袋をしての作業という念の入れようである。

「明日には反応があるだろうな」

「だと思います。管区隊は明後日ですね」

「ああ」

相模は厳しい表情になった。幾つか対処方法を考えたがどれにするかは相手の出方次第、というのが今の状態である。不確定要素の影響が大きいためである。

（さて、どうなるものかな……）


一月六日午後二時、首相官邸。

「無様だな」

すっかり気に入った執務用の机に着いて、第一〇九代和国内閣総理大臣・竹内幸雄は笑いを含んだ口調でそう呟いた。

この日、竹内は朝から笑いが止まらなかった。生意気にも近畿管区隊の離脱宣言に便乗しようとした、近畿地方のそこここの地方自治体において、贈収賄や斡旋利得といった数々の疑惑が発覚し、すっかり機能停止に陥っていたのだ。

「誰がやったかは知らんが、良い機会を狙ってくれたものだ。これで一週間は動くまい。全く、慣れぬことをするからだ」

気前の良い竹内は、この機会に自分の持っている情報を放出し、事態を大いに煽るつもりでいた。

相模が、米国の駐在軍を忌々しく思っているのと同じ様に、竹内にも先達の決定に関して忌々しく思っていることがある。それは、彼がまだ駆け出しの頃になされた『六〇年宣言』である。急激に進んだ地方分権に対する反動として、五〇年代後半に方針への疑問を投げ掛ける声が高まったことがある。しかし、当時の首相・岩淵貴巳《いわぶちたかみ》は、その声に敢然と立ち向かって『六〇年宣言』を出し、「地方分権は後退させない」と言い切った。そのため、計画通りに段階的な地方分権が進み、その度に国会レベルにおける利権政治の影は薄れていった。しかし、これは政治に利権が絡まなくなったことと同義ではなかった。舞台が移っただけ、つまり権限と共に利権をも受け取った地方レベルで繰り広げられるようになっただけであったのだ。それを横目に見る竹内は、内心で歯噛みしたこと数知れない。

「コンコン」というノックが鳴った。それに竹内が応じると、一人の男が入ってきた。

「御機嫌麗しゅう」

「うむ。実に麗しいぞ」

恭しい一声に、竹内は手放しで応じた。他人の、それも自分に影響がない、失態は心地良いものである。

「それは、良うございました」

過ぎるぐらいに礼を崩さない竹内の相手は、次の補欠選挙、四月二五日、での出馬が決まった大東和成の公設第一秘書候補である。その氏名を葛原《くずはら》　由《ゆう》という。年齢は三二。その能面のような顔からは、いまいち何を考えているか窺《うかが》い知れないところがある。相模の様に表情を活用すれば近付き易い印象を与え、充分に色男として通る素材であろうに惜しいことである。

「支持者との顔合わせは進んでいるな」

「つつがなく」

「うむ。あの古宮の後で大変ではあろうが、まだまだ我が党への支持の厚い所だ。和成君なら、きっとやってくれると信じている。この際だ、地方の思い上がりどもを叩いてしまえ」

「はい。御期待頂いていると、お伝えいたします」

「うむ」

あの古宮の選挙区は、党へ痛手を負わせたということで加藤派の手を離され、民自党期待の新人・大東和成へと回された。民自党内の勢力図は、着々と竹内派の一人勝ちへと進んでいるのである。

「しかし恐れながら、今回は地方を立ててゆこうと考えております」

「ほーう」

竹内の表情が曇ったが、葛原は続ける。

「この様なことがあっても、地方への分権を支えていく。そうすることによって、大民自党に対して今なお世論上に残る反進歩というイメージを払拭し、浮動票離れを抑えられると思うのです」

「それで会いたいと言ってきたのだな？」

「はっ、小賢しい真似を致しました。しかし若き新人にはやはり、目新しさこそが似付かわしいのではないかと愚考した次第であります」

「なるほど。ここは一つ、大きいところを見せろ、ということか？」

「恐縮至極にございます」

そう言って、葛原は頭を垂れる。

「大東の翁の孫であれば、その衝撃も大きいだろうな」

「その様に思われます」

「相分かった。幹事長には、竹内の頭の了承済みだ、と言うが良い。大東の翁の愛孫の初陣だ。手を尽くそう」

「有り難き幸せ」

葛原は、床に付くほどに頭を下げて、感謝の意を表した。減らぬ手はいくらでも打つのが、この男の行き方である。

一月七日午前九時、近畿管区隊本部基地正門前。

白のシャツに濃紺のスーツを着、臙脂《えんじ》のネクタイで飾った相模が、そこに立っていた。未だ左腕は吊っているが、心身は充実している様である。その後ろには本上、郭が控え、さらにその周りを八人のSPが固めている。

しかし、その和国内閣総理大臣特使一行の周りには、野次馬は一人も居らず、マスコミ関係者も数人しかいない。今、彼等は慌てて応援を呼んでいるところである。

「何だか淋しいな」

「贅沢を言わないでください」

主人の言葉に、秘書は苦笑した。

政治家のスキャンダルや進退問題なんぞより、この火薬庫をどうするかの方が余程に扇情《せんじょう》的かつ重要な案件である。だから、相模はここへやって来た。が、今の基地前は御覧の有様である。自らが画策したことであるから、ある程度は予想していた。しかし、ここまで見事な結果になると、色々な意味で切ない気分になった。

昨日、先触れを出しておいたせいだろう。正門は大きく開け放たれ、自動小銃を下げた守備兵は居たが、迎えらしき人物の姿があった。向こうの方から歩み寄ってくる。

「陸曹・三宅徳則であります。お迎えに上がりました」

「和国内閣総理大臣特使・相模　晋です。お世話になります」

敬礼と握手を交わす。

三宅と名乗った陸曹は、式典などに着用する、黒の上下に装飾を施した制服姿である。年齢は相模より上だろうが、制服を着ていても分かる引き締まった身体の発する雰囲気は、相模の同輩一般よりもその圧が若い。

「車を用意されたのですか？」

「はっ。基地内は広いですから」

「どれくらいです？」

「二キロ程になります」

「そのぐらいなら歩きましょう。折角の御厚意と礼節には申し訳ないですが」

「いえ、構いません。総監に伝えますので、少々ここでお待ちください」

「承知しました」

三宅は門の脇にある詰め所へと走っていった。

（先生、陸曹というのは…）

（些末なことだ。気にするな）

（……はい）

（管区隊自体は生きている様だな）

（その様です。では『冠』を）

（ああ、日下に準備を整えておくように言っておけ。失敗すると厄介だ）

（承知）

三宅が戻ってくる。

「何か御用事でありますか？」

携帯電話を手にする秘書のことを言っているのだろう。

「新聞社が、あれの番号を手に入れたようです」

「なるほど、それでは…」

「いや、歩きながらでも差し支えないでしょう」

そう断ずる主人に応じ、秘書も目配せをする。じっくり聞き入られても困る。

「了解しました。それでは、ご案内します」

相模等の特使一行は、三宅とその直属の部下だという四名を加えて歩き出した。

基地内は本当に広かった。入り組んだ作りになっていないため、目的とする四角い建物は見えているのだが、一向にその大きさが変わらない。

道程半ばに来て、とうとう相模が感想をもらす。

「……確かに広い」

「車を御呼びしましょうか？」

「運動不足の身体には……。

いや、この状況に対処するには、これで良かったのでしょう」

と答えて相模が立ち止まった。

「……そうかもしれません」

状況を把握して三宅も立ち止まる。

一行の周囲にＳＰが展開し、さらにその外側の四方に三宅の部下が立つ。これで、最重要人物を守ることは出来るはずである。

「これは、総監殿の御意思か？」

「そのはずはありません。自分は、このようなことは聞いておりません」

「伝える程にあられないのでは？」

「口が過ぎるぞ、明」

主人の言葉に秘書は頭を下げた。

「相手が違うだろう？」

「どうぞ、お気になさらずに。自分は未だ陸曹。そう思われても仕方ありません」

「陸曹でありながら、客の案内役を任せられる。それだけ、総監の信任が厚いということでしょう?」

「…失礼致しました」

「恐れ入ります」

主従の言葉を三宅は素直に受け入れた。

相模は相手の出方を窺った。

(……藪蛇かな)

と思いはしたが、一歩進み出る。すぐにその脇を本上と郭が固める。

「私に用があるのだろう? 顔ぐらい見せたらどうだ?」

相模は、姿なき気配らに呼び掛けた。

「………」

返事がない。もう一度と口を開く。

「相模ぃー!!」

こちらが声を発する前に、一人の人物が姿を表した。白装束に身を包んだその男には見覚えがあった。あの『お付き』こと、井戸ノ上である。さらに彼の周囲から、点々とではあるが、こちらを囲むかのように幾人かの白装束が表れた。

(神祖の者か)

（あれが…）

（明は、初めてだったな）

（創始が飛び越えた者ですね）

（そんなことをされたのですか？）

（最後に立ちはだかられてな）

小声で遣り取りをしていると、三宅が寄ってきた。

「こちらで何とかいたしましょうか？」

「いや、私共との怨恨《えんこん》ですから、できれば手を出さずにいてください。まあ、向こうの武器によりますが」

「了解しました」

マシンガン等を出されてはどうしようもない。

そう言った三宅は相模の横に立った。どうやら、信用を置いて良い人物である様だ。

「確か、高敏殿の側に居た者だな」

相模は、なるべく逆撫でせずに済む言葉を選んだ。

「そうだ」

「ならば、高敏殿の御意向か？」

「違う」

「意外だな。何用だ？」

「お前を殺す」

その一言に郭は、相模の脇で控えはしたが、戦闘体勢を整えた。

相模が更に聞く。

「理由は？」

「お前は、御子様を裏切った」

「裏切った？一遍たりとも、仲間になった覚えはないが」

「高天原《たかまがはら》では共に居たろう」

「……………」

相模は返す言葉に困った。

（そうくるか……）

高天原とは、和国の古代伝承にある神々が住み、天照大神《あまてらすおおみかみ》という神が支配すると言われている天上世界のことである。しかし、その様な信心の世界にある伝承を持ち出されては、否定も肯定もしようがないではないか。

「そんな昔のことは知らぬ」

「黙れ！世界のために死ねっ！」

井戸ノ上は走り出した。その手にはナイフを握り締めている。

「うぉぉーー!!」

「せいっ！」

前に飛び出した郭があっさりとそのナイフを蹴り上げ、

「はっ！」

そのまま踏み込んで腹部へ掌打を叩き込んだ。

「！」

井戸ノ上は、声もなく、その場に崩れ落ちた。

「三下が、創始を相手に吠えるな」

「……」

容赦ない打撃を受けた井戸ノ上は、郭の足元で悶えた。その胸中では、あっさりと返り討ちにされた屈辱よりも、邪魔をした三下への怒りが込み上げていた。

その間に入り、相模が片膝を突いて話し掛ける。

「きついだろうから、応えなくて良い。だが、お前のその耳で聞け」

「……」

何か言おうと井戸ノ上が喘いだが、先を続ける。

「お前は余程あの御子に心酔しているようだが、これだけははっきり言っておく。どういう理由があろうと、この京を、人々の日常を焼こうとする者を私は好かぬ。どれ程までに請われようとも、手を回されようとも、共に行くことはない」

「きょ、京は、……犠牲となって、……祝福を約束されるのだ」

「私は、犠牲にすることなく先へ行く術を模索している。犠牲なく和国を活かせる術をな」

「甘いな……」

「お前の主が犠牲を真に尊いと思っているのなら、その主に問うてみよ。その野心のために、その身命を払う覚悟があるのか、と」

「そんなこと…」

「お前の予想などいらぬ。お前の主の意思を問うている」

「………」

「主の意思」というのが利いたのだろう。本意ではなかっただろうが、井戸ノ上は口をつぐんでいた。

「まあ、解らなければ解らないで良い」

相模は立ち上がった。

「何が何でもこの場で決着を付けたいというのなら、後ろから切り付けて来い。明、郭、手を出すなよ。他の方々も、それでお願いします」

『！』

これには一同が驚く。

「創始！」

郭がいさめようと声を上げたが、それには取り合わずに続けた。

「簡単な試金石だ。私は、これからお前の主の企《たくら》みを潰しに行く。不服なら、私を殺して止めてみろ」

「そんなことを言っても良いのか？……本当に行くぞ」

「ああ、そうしろ」

「……正気か？」

「弱肉強食と言うからな。ここで死ぬのなら、仮に生き長らえても先へは行けなかったということだろう」

そう言い捨てると、相模は背を向けて歩きだした。慌てて本上と郭が追い掛ける。三宅等は、しばらく行動を決めかねていたが、三人が井戸ノ上が姿を表した辺りにさしかかったため、後を追って駆け出した。

一方の井戸ノ上と行動を共にしてきた者らは、一行が通り過ぎるのを見届けると、まだ倒れたままでいる彼の元へと駆けていった。

その様子を背中で感じ取りながら、本上が相模を問い詰める。

「よろしいのですか？」

「他に思いつかなかった」

「そんな軽率な」

「一対一なら、返り討ちにするさ」

「……詐欺」

「金は取ってない」

「……二枚舌」

「言ったことは本心だ」

「じゃあ、嘘つき。……何か迫力に欠けるなあ」

「はっは…。お前達に手を出すなとは言ったが、私が手を出さないとは言わなかった。それだけのことだ」

「右腕一本で大丈夫なのですか？」

「多分な」

「多分、て……」

呆れた本上は追及を止めた。

それを良いことに、相模は三宅に気になったことを聞くことにする。

「そう言えば、先程の集団にこちらの隊員は居ませんでしたか？」

「おそらく……、いえ、間違いなく居たでしょう。基地へはそう簡単に入れませんから、少なくとも手引きした者がいたはずです」

「神祖教。それが連中の共通項です。

聞いたことは?」

「いいえ。自分は、宗教とは縁遠いものですから」

「神や仏には興味があられない?」

「思わず祈りたくなったことは何度か」

「訓練とはいえ、毎日ドンパチやっていれば、そうでしょうね」

「いえ。その……、息子が産まれる時でして」

「なるほど。これは早合点でした」

「自分は、手の届く範囲が幸せでいてくれさえすれば良いと思っています。家族、部下、と
その家族、考えられるのはそれぐらいで精一杯です」

「良い上司を持ったな?」

相模は、一歩遅れて歩く二〇代後半と思われる隊員に振った。

「はい。しかし……、出世が遅いようで」

「つ、じ、」

三宅は、一音一音聞き取れるようにして咎めた。

「はっはっは……。

だが、君の上司は今の辺りが性にあっておられるのではないかな。上へ行けば、必然的に戦略を考えなければならない。『手の届く範囲』となれば、小隊長が限度であろう。師団を抱えでもしたら、苦しまれるのではないかな」

「良い上司だと思うんですけどね」

「『手の届く範囲』を踏まえて、戦略が語れるなら通用するだろう。がそれに縛られ、とうと搦め捕られたとあっては目も当てられない。これは、能力云々もあるが、適性の問題だろう」

「……なるほど、うちの班長には無理かも」

「……………」

辻の言葉に、三宅は今度は何も言わなかった。

井戸ノ上は、遠ざかっていく相模の背中を凝視していた。「後ろから切り付けて来い」と吐いて行った相手は、一度も振り返らず、それどころか遠目にでも分かる談笑をしながら、どんどん歩いて行く。まるで自分達のことなど忘れたかのように。

（御子様の夢……、夢……）

井戸ノ上らは、それぞれに、その場から姿を消していった。

それからは何事もなく、基地本棟へ辿り着くことができた。

和国内閣総理大臣特使は、近畿管区隊総監との会談を果たすべく一階にある応接室へ向かった。三宅が、木製の豪奢《ごうしゃ》な扉の前に立ち止まり、一行を振り返る。

「こちらになります」

「参りましょう」

相模の言葉に首肯くと、三宅は扉を叩いた。

「陸曹・三宅徳則。和国内閣総理大臣特使・相模　晋様をお連れいたしました」

声に応じて中から扉が開けられる。

相模、本上、郭の三名が入った部屋には、四人の男がいた。一人は壮年も末に至ったとみえる者、三〇前後と思われる者が二人、そして扉を開けた末席と見える者である。もちろん順に、近畿管区隊総監・物部重久、二等陸佐・中村一寛、二等海佐・大槻秋房、そして一等陸尉・吉岡真人である。

相模は物部と、

「御無沙汰しております」

「久しいな」

挨拶だけは済ませると、二人の随行者に命じた。

「明。郭。吉岡を捕らえよ！」

『はっ』

新旧二人の三光は、扉を押さえていた吉岡を、あっという間に組み伏せた。予想外の展開に三宅が驚き、中村、大槻が身構えた。

しかし、

「外れか？吉岡」

と、相模は組み伏せられている者しか見ていなかった。その様子に、物部は全隊員に目線を送って事態を見守るように言った。物部にとって、この御仁は、全幅の信頼を寄せるのに足りる人物であった。

「フフッ…、ハハッ…、ハハハハハハハッ！」

「何が、可笑しい？」

「……これが、あんたの答えか？」

これまでの敬語は借り物であったらしい。吉岡には今のノリの方が合っていた。

「ああそうだ、小僧」

相模の目は憎悪に燃えていた。郭が去年の年末に見たあの目である。

「ハアッハハハハ！」

「そんなに笑えるか？」

「……笑わずにいられるものか。これだけ手を尽くしてやったというのに。時間を巻き戻すつもりか？」

「進められた気でいるのか？　少し会わぬ間に、随分とお目出度くなったな」

「何だと！」

「大した手駒もないのに近畿管区隊を駆り立て、世論操作の原動に内向的な宗教家を担ぎ上げる。それで、私がその屋台を作るとでも思うたか？」

「作れよ。そのために散々引っ掻き回したんだ」

「断る」

「もう動いているんだ！　作れよ!!」

「断る！」

「……犠牲者は、もう出ているんだ」

相模の顔が険しさを増す。

「……伊豆か」

「ご・め・い・さ・つ」

「………」

「ハハハハッ…。ぐうの音も出ないか？　創始。そう、あんたはそういう人間だ」

「下衆《げす》が…」

「蛇蝎《だかつ》と言って欲しいな。恐ろしさに欠けるだろう?」

精神的に余裕のある声で吉岡が返した。

「ハァッハハ…」

「馬鹿者!!」

狂気染みた吉岡の笑い声を討ち伏せる、物部の一喝。

「その様な話を聞いて、管区隊の旗を上げておくわけがなかろう!」

「何!」

「国民を死なせて、何が防衛隊だ」

打って変わって静かになった物部の言葉に、吉岡は郭の腕の下で藻掻いた。総監は管区隊の指揮系統のトップであり、言葉一つでそれを実行できるのである。

「だそうだ。自分の浅はかさが分かったか? 小僧」

「黙れ!」

自己を愚弄する言葉に、吉岡は目を剝《む》いた。

物部が相模に顔を向ける。

「我々は、たばかられていたのだな」

その言葉に、相模は頭を下げた。

「そうか。……どうやら、君に対する期待が大き過ぎたようだ。儂も耄碌《もうろく》したらしい。離脱宣言は、すぐに撤回しよう」

「ふざけるな！ここまで、ここまで来たんだぞ!!」

一瞬吉岡は上半身を起こしかけたが、敢えなく、二人掛かりで再び組み伏せられた。

「『来た』と思っているのは、お前と高敏殿ぐらいだよ。世間は冷めたものだ」

「そんな馬鹿な…」

「現実だよ。

確かにセンセーショナルではあるから、声の大きな政治家やマスコミは、あれこれ論議してはいるようだ。が、ごく日常の生活者は、それほど熱くなっていない。マスコミは真剣に取り組む必要性からあり得るかもしれないが、政治家が深刻に考えているかは怪しいものだな」

「嘘だ！そんなはずは…」

「『はず』ねぇ。そんなに高敏殿の受けが良かったか？」

相模の問いに、吉岡が頭だけで反応する。

「彼は非日常の側の人間だ。人一倍に打てば響くだろうよ。常日頃、この和国を乗っ取ることを考えていることだしな」

「……」

吉岡はぐうの音も出せなかった。

その最中、『プルルル……』と本上の携帯電話が鳴る。

「……。先生、取ってくれます？」

腰を突き出す本上に、

「嫌だ」

と相模は即答した。変なところで子ども染みたことをするものである。

「困るのは向こうでしょう？放っておくと、いらぬ心配をかけますよ」

本上に諭されて、しぶしぶと相模は電話を取った。

「もしもし」

「…。……？」

「ああ。……問題ない」

その応答に内容を察して、本上が小さく笑う。

「それより、そちらの首尾は？」

「……。……？」

「そうだな……。少し待て」

相模が、物部に聞く。

「ここに情報端末はありますか？オンラインで行ければ何でも良いのですが」

「大槻」

物部に命じられた大槻は、部屋のディスプレイにスイッチを入れ、簡単に起動させた。

「これで繋がった状態です」

「ありがとう」

再び電話の向こうに呼び掛ける。

「もしもし」

「…」

「本部基地本棟一階の応接室と、神祖教本山・高敏殿の部屋、それからこの電話を繋げろ」

「……」

「承知した」

電話の向こうに応えた相模に、吉岡が聞く。

「何をする気だ？」

「お前に答える必要はないと思うが」

「……まさか！」

「少し黙っていろよ。歴史的瞬間なんだ」

「繋ぎました」

それから二分後、
と、ディスプレイ脇のスピーカーから声が聞こえてきた。鶴岡右近のものである。

「ご苦労。高敏殿、居られたら声を繋がれよ」

しばらく待つと、「プツッ」という音響機器特有の音がした。

「これは、一体どうなっているのです?」

「こちら相模。貴殿の保有する情報端末を制御下に置かせていただいた」

「な、何ですと?」

「『盾』も返していただいた。ただの実験ゆえ、これで失礼する。　切れ」

「ま、待ちな…」

回線は切られた。

「完成していたのか……」

吉岡が呻いた。

「いいや、未だだよ。急いでも未だ数ヵ月は掛かる」

「今のが『ＳＳ』か?」

物部の問いに、相模が向き直る。

「その片鱗です」

「あれで片鱗なのか?」

物部が驚いた顔をする。テラ・クラスのコンピューターがざらになった現在。他を制御下に置けることは、それだけで驚異に値する。それに増して、あの短時間でやって退けるとは。

「はい。

……残りはここをどう収めるかです」

予め覚悟をしていたのだろう。物部は間を置かずに応える。

「儂の首を出そう」

「総監…」

「なあに、隊は結局出しておらぬし、この歳だ。死にはせぬだろうよ」

問い質そうとした相模に、物部は落ち着き払ってそう言った。

「自分も御供します」

申し出たのは中村である。

「自分も」

大槻もそれに続く。

「似合わぬことをするでない。一時での大量失職は政府も困るだろうから、首領の首を取れば、後は減俸や謹慎、配置換えをやり繰りして何とかするだろう。だから、お前達は残っておれ」

『しかし…』

「黙れ。これは命令だ。…最後のな。一度こういうことがあった以上、近畿管区は必ず萎縮する。それでは、いざという時に使い物にならぬ。だから、たとい閑職に回されようともここに残り、管区隊を監視せよ。それが、この場に居合わせた者の罰だ」

『……』

二人の二佐は黙った。

「こんなもので何とかならぬか？」

「……」

そう振られて相模は困った。自分への期待を利用されて事件を引き起こした人物の幕引きなど、知り合って長いこともあり、描けなかった。そしてそのことに、凄絶なまでに同意する者がいた。

「なる訳ないだろうがぁ!!」

咆哮と共に吉岡が立ち上がった。防衛大学出身の同期等を驚かせた身体能力を、フル活用したのだ。

そのあまりの勢いに、上に乗っていた本上と郭は床に転がされた。透かさず立ち上がって体勢を整えた二人の先には、既に細身のアーミーナイフを構えた吉岡がいた。隠し武器として持っていたらしい。

「終わらせない……」

冷めた口調に、ぎらついた視線。冷静な執着を示すものである。何をしでかすかは予想できないが、それが意図的な計算された行動であるのは間違いないという様相である。いっそのこと怒りに我を忘れてくれた方が、距離を取ればことは済むので、対処はし易いのだが。

「そこまでにしておけ」

「やめろ、吉岡」

ナイフを構える吉岡と対峙することになった本上と郭の間に、中村と大槻が割って入った。どんな状況であれ、民間人を守るのが彼らの責務である。

「絶対に終わらせない……」

「いくらお前でも、二人一遍には相手をしきれないだろう？」

「勝負は見えている。もう終わったんだ」

二人の二佐は互いに突出しないように気を配りつつ、じりじりと間合いを詰めていった。多対一という有利な状況を崩さぬよう、確実に決着が付けられる距離を作る。

そして、すり足でもう半歩というところ、

「創始ぃー!!」

吉岡が吠え、それに中村と大槻が構えた。

「！」

「………」

「………」

目の前の事態を理解するまでの数瞬の間。

「吉岡ぁ！」

相模に呼ばれたのに微笑むと、吉岡はその場に「どう」と倒れた。あっという間に、一帯、赤い絨毯の上、に広がっていく濡れた染み。吉岡は自身の首を切り裂いていた。貧弱な刀身を補うべく極みにまで研がれたナイフは、現実味の抜かれた斬像を描き、一同に空白の時間を与えた。

「吉岡！」

相模は駆け寄り、吉岡を抱き起こした。目が合い、その唇が動く。

「……………」

「何だ？」

顔を寄せる。

「……てを」

「！」

聞き取った言葉に顔を上げると、吉岡は息を引き取っていた。腕の中にあるその安心しきった表情に、相模は呟いた。

「……私の理想は、そんなにお前を追い詰めていたのか？」

しかし、その問いへの答えは無かった。

終章　事後のそれぞれ

一月十一日午後三時、吉田家。

（つかれたー。やっと終わったよー）

日曜日の今日は、朝から、大そうじのやり直しをさせられた。見張りの目が弱かったため、年末に手を抜いたのが災いした。ハクジョウにも同ザイであるはずの父はいつの間にか姿を消しており、そのツケは全て私に回ってきた。

（私も乗りかえちゃおうかな……）

と、真剣に考えた一日であった。

何者かによってさらわれ、骨折して帰ってきたあのきれいな政治家は、きちんと京都にいる。居場所は遠いが、もう心配することはないだろう。

そのまま東京駅での思い出にひたっていると、

「摩弥！宿題はやったの！」

と、母の声。「ふっかーつ！」とは言わなかったが、母はすっかりと元気を取りもどしていた。それも、

「まだ」

「何やってるの！早くやりなさい！」

「……はーい」

「返事は短く！」

「はい」

と、出てくる言葉全てにびっくりマークが付く程に。わたしとしてはちょっとメイワク。

(前の方が良かったかな？)

と思ったりもする。料理は間違いなく母の方がおいしいから、食卓は今の方がゆたかだ。けど、父の方が口うるさくないので、のんびりマイペースにできた前の方もミリョク的に思える。

(いいとこ取りにならないものかな……)

と、世の中の不条理をなげくと、新たな小言の前に宿題を始めることにした。今は、これが一番の身の守り方である様なのだ。

同日午後五時、ミブロ本部詰所。

現在、相模は、その二階の団長室に居座っている。

「……以上が、判明している限りでの事件の経緯です。ご報告の通り、当事件の首謀者が死亡しております。よって未だ不明の点も多く、関係者への事情聴取を中心に、引き続き慎重な捜査を続ける所存です」

「関係者というのは？」

「捜査の支障になる可能性がありますので、今は控えさせていただきます」

「先日から騒がれている州議会との関係は？」

「その点は、未だ」

「高敏被疑者を逮捕されたのは、容疑が固まったということでしょうか？」

「州警察としては、そう考えて……」

頃合を見て、他の局へ変える。同じ話題が同じ時間帯に重なることがよくあるため、こうして、別の切り口というのを見るのである。

「……というのが、近畿管区隊の離脱宣言からその撤回までについて、私が知り得たことです。事件への判断は、皆さんと司法にお任せします。

それと、この機会に一つ。

去年の十二月二五日から近畿地方を中心に各州議会において、和国からの独立に関する決議案が出されていることは、皆さんご存じのことと思います。近畿管区隊への対応のために来ていたため、これまで一切発言をしてきませんでした。しかし、政治を預かる者として、この場にてそれを果たしておこうと思います。

私は、国家という枠組みは、そこに住まう者にとって便利であれば良いものだと考えております。国家とは、そこに住まう人々の合意し得る形であるのが、あるべき姿でありましょう。

世界に現在する国々は、一国の人口が一千人から十三億人、面積は四四〇平方キロメートルから一七〇〇万平方キロメートルと、様々な事情を経た上でとはいえ、その規模は非常に幅広く分布しています。この国は、古くから今の形を基本に置いてきたように思われます。

しかし、それでもかつてはこの列島においても、戦国大名の時代を始め、国の乱立した時があり、今の形が永遠不変であるとは言えません。

今、州議会は停止状態にあり、決議案は放っておかれているようですが、私個人としては、可決されても何ら不思議はないものと思っております。ここ数十年来、地方自治体を主体とした政治に関する議論が、白熱と冷却を繰り返しています。できればこれを機会に、国の形というものを再考していただきたいと……」

ＴＶを眺める相模は、濃い縹《はなだ》色の和装に身を包んでいた。その襲《かさね》の色目が「青鈍《あおにび》」と呼ばれることから、選んだものである。

「昨日の会見ですね」

その主人の前に、鈍色のスーツ姿の本上が紅茶を出す。今日はアッサムである。

「ああ」

「他にネタは無かったんでしょうかね？」

「かもな」

反応の薄い主人に、秘書の口調が強くなる。

「これから、どうなさるおつもりですか？」

が、主人は口で答える代わりに画面を指差した。効かなかったらしい。

「……て、私は、しばらく畿州に留まるつもりでいます」

「それは、一体どういうことですか？」

「畿州議会は、独立決議案を抱えていらっしゃる。それが仮に可決されれば、和国政府の対応もあると思いますが、畿州選出の衆議院議員という私の地位は極めて不安定なものになります。従って、その結論が出るまでは、こちらに居ようと思います」

「そのことに関して国会は何か？」

「今が初めての発言ですから、未だ何も。納得がいかなければ、連れ戻しに来られるでしょう」

「そろそろ、お時間の……」

「それは分かっております。悪巧みはされないのですか？」

「休み」

昨日、会見を終えた後に、ここへ転がり込んでからというもの、相模は休眠状態にあった。設備と警護とは事務所の比にならない程に整っているため安心ではあるのだが、主人は、ひたすらに言葉にしない思索に耽っていた。九日に行なわれた、吉岡真人の内々の葬儀の際はそうでもない様に見えたが、相当にこたえていたらしい。

「そんな悠長な……」

だが、ゆっくりされていては困るのである。

吉岡がこの一件のほとんどを抱えて自害したために、虎の子の『盾』と『槍』とを供出せざるを得なかったのだ。神祖教は潰せるかもしれないが、早めに手を打っておかなければ、ミブロの技術者達の苦労が水の泡と成りかねない。

「あまり焚き付けないでください。ようやく静かな日常が返ってきたのですから」

部屋に入ってきたのは、本来のこの部屋の主である。今は一階の茶室へと追い出されている。まあ、住んでいるわけではないから大した支障ではないのだが。

「そうもいかないだろう？」

「要である『冠』は残せましたから。あちらに右近さんや日下さんを越える者がいない限り、『SS』は何とでもできますよ」

「だそうだ。だから休み」

調子に乗って、相模が机の上に突っ伏す。

「創始。そうしていただきたいのも山々なのですが、お休みになられる前に、こちらの方を何とかしていただけませんか？」

不満そうな顔をした相模を無視した椎名に呼び込まれ、一人の女が入ってきた。その女の深刻な表情に、相模はTVのスイッチを切った。

「しばらくだな、倉田」

「……お久しぶりです、先生」

倉田　薫は、ミブロの第二期入団者の一人で、本上らとは他大学他学部の同期になる。ミブロの理念に交えて、法や政治に関する知識は全て相模から得たという、中庸《ちゅうよう》の立場からすれば少々困った境遇にある。一方の吉岡は、本上らと同様に、相模とは直接の師弟関係である。

「髪を切ったのか。自慢だったのだろう？」

「……はい。でも、隊では邪魔になりますから」

「それもそうか」

「あの………」

話しかけて、言い淀む。

「アキラ」

促されて、アキラは二人とも部屋を出た。

「少しはマシか？」

「はい…」

言うことを用意してから来たのだろう。倉田は、それをなぞるかの様にして声にしていく。

「私は、何もできませんでした」

「うん」

相模の相槌は実に小さいものだった。意識的に抑えたのである。

「……十一月に軟禁されてから、…一番何かしないといけなかった時に、……ずっと貴賓室に居たんです」

「うん」

「総監府付きで……、一等空尉で……。あんなに意地を張って入隊したのに、私は、隊のために何も…」

「倉田」

相模は、倉田の自責を止めた。

「……はい」

「人間は、何故に斯くも大勢だ？」

「………」

「時間は、何故に斯くも悠久だ？」

「……あの」

「空間は、何故に斯くも無辺だ？」

「………」

倉田のキョトンとした視線を見やる。

「危ういか？」

「……かなり」

「はっは…。この世は、どうにかできる事より、どうにもならない事の方が多いのだよ」

「それじゃあ…」

「救いがないか？」

「はい」

躊躇なく頷いた。

「今のお前になら何が出来る?」

「今の…」

「何がしたい?」

「………」

「過去は、もう確定した事実だ。今更どうこうなるものでもない」

「それは、そうですけど」

「後悔なんぞ、誰にでも出来る。

お前はエリート防衛官であろう? 一等空尉であろう? 一防衛隊員でも出来るところに、何時まで留まっているつもりだ?」

「………」

「昨日までは何もできなかったかもしれん。が、今日からはやることが山積みだ。物部総監府は解体、指揮部もほとんどが再編の対象にされた。今や、猫の手を借りても足りないぐらいだ。それで返せ」

「それでも…」

「それで良い。私が許す」

「………」

「私が許す」とは、何と傲慢な。同じ言葉を政治家稼業で資産が増えていく様な者から聞いたなら、間違いなく反発を覚えただろう。が、順当に資産を削っている、敬愛する師から出たために、何とか聞き入れられた。

「他にどうしようがある？　その明晰な頭脳の中に他の答えがあるなら、ここで一講義打ってみろ。聞いてやる」

「……ありません」

そう言って、教え子は頭を垂れた。

その頭を師が摑む。

「お前は生きていろ」

「！……」

「死では終わらぬ。死はまた始めるだけだ」

乱暴に頭を撫でられ、小突かれたのではないだろうと思う、倉田は涙が込み上げてくるのを感じた。

(泣きたかったんだ……)

そう思った瞬間、涙が止まらなくなった。それが倉田の思い通りにできるようになるまでの間、師は持て余すことになる様である。

「あー!!泣かしてる！」

「さ、紗弥！」

「だいじょうぶ？薫さん」

「い、いや、これはだな…」

……もとい、泥沼に嵌《は》まる様である。


一月十二日午前十時、摂津州は警察庁・近畿管区警察局。

かつては警察行政を担っていた警察庁であるが、現在は広域又は国家に対する犯罪の捜査主体となっている。米国の連邦警察の形を、州体制の確立と共に、持ち込んだのである。一方の犯罪一般は、州警察署がその捜査主体を担っている。

「まさか、こんな物を作っていたとはな」

和国内閣総理大臣・竹内は感嘆をもらした。今、彼の目の前では、『盾』が警察庁のサイバー対策チームによるハッキングを悉《ことごと》く斥け、『槍』が同チームのファイアーウォールを難なく貫いていた。明日は防衛省のチームがここへ来て挑むことになっているが、果たして違う結果が得られるかどうか。

「閣下！これは、実にすばらしい物です。

『槍』とかいう方にはあまり使い道がないでしょうが、『盾』の方は最高です。シンプルな発想ながらも、これを打ち破るには国家クラスの設備を要するでしょう。これだけの力があれば、向こう五年は、ハッキング対策に苦慮する必要はないはずです。我が国もこれで、最先端電子国家と、胸を張れることでしょう」

歓喜に満ちた様子で白衣姿の警察庁電子研究課課長・菊地芳千《きくちほうせん》が、竹内の元に報告にやって来た。

自分の専門分野で先を越されてここまで手放しで喜べる思考様式には、玄人としては、いささか問題があろう。等と思いつつ、公安調査庁長官・鈴木武文はその様子を見ていた。ちなみにこの場には他に、警察庁長官、近畿管区警察局長といった警察関係幹部の面々が同席している。局長などは、悪戦苦闘しているチームを直々に叱咤激励しているが、とてもそれに効があるとは思えなかった。

菊地の報告を、竹内は苦笑しつつ受けた。

「それは頼もしいな。それで、これはどれ位の範囲をカバー出来る?」

「ハードウェアによりますが、霞が関を覆うぐらいは問題ないでしょう」

「なるほど。それなら、KSデータバンクは廃業せねばなるまいな」

KSデータバンクは、今は亡き佐藤海人が遺していった情報管理会社である。

「はい。仕組みを少々解析する必要がありますが、高が情報屋風情が幅を利かせる現状は解決致しましょう」

そう言って菊地は胸を張った。

「是非、そうしてくれたまえ」

「畏まりました」

深々と頭を下げる菊地に、竹内は自己の興味をぶつけてみることにする。

「この『盾』に、あっちの『槍』を向けるとどうなる？」

「予測になりますが……」

「構わない」

「無限に応酬し合うか、相殺されてしまうものと思われます」

「なるほど、故事に言う様なものか…」

と、竹内は納得した。

が、ここに椎名がいたなら「外れ」と一言で切り捨てたことだろう。両者が向かい合ってしまった場合、人同士の打ち合いにおいて槍の軌道を盾が逸らすかの様な動きをし、打ち合うことはない。仮にその衝突防止プログラムが外された場合には、その優先順位の関係上、『盾』が勝るようになっている。

「…では、あの『槍』でペンタゴンへの侵入は可能か？」

米国国防総省は、この時代でもセキュリティーの最高峰との評価を受けている。

「ほぼ確実かと」

「ほーう、大した物だな」

首相の感嘆に菊地が調子に乗る。

「お試しになりますか？」

「馬鹿を言うでない！　その様なことをして、国際問題になったらどうする！」

「し、失礼いたしました」

あまりの剣幕に、菊地は平謝りに謝った。それを手だけで払うと、「これだから研究者という奴は……」と呟きながら、竹内は席を離れていく。

国家を仕切るなら注意が必要な場所と激高の不可欠な場所とを峻別して欲しいものだと思いはしたが、口にはせずに、鈴木は注意を別の方向へと向けた。

（しかし、これ程の物を秘密裏に作るとは、ミブロを見誤っていたらしい）

供出の際に「研究していた物を盗まれた」と相模は言い添えていたが、ミブロが自警団体の西の雄であることを差し引いても、これは明らかに過ぎた物である。単なる探求心とは別の物が見えてならない。

（……危険だな）

鈴木は、相模　晋を監視するための口実を模索した。

「……なるほど、面白そうだな」

「ええ、ええ、御期待は裏切りません」

その裏では、機嫌を損ねた首相を宥めようと、局長が今宵の予定をあれこれと説明していた。人間関係を抜きにできない仕事は、何かと大変である。


同日午前一〇時、同じく摂津州は大阪高等検察庁。

神祖教教祖・高敏は、そこで取り調べを受けていた。刺繍こそないものの、その身には白い綿の一枚布を纏っている。

「高敏さん、また幾つか情報がまとまったのですが、話を聞かせてくれますか?」

人懐っこい顔をした検事正、森川知徳、が柔和な表情でそう切り出した。

「………」

「……まあ、よろしいでしょう。

二〇八五年八月二〇日。塩見友紀乃、当時は未だ畿州議会公徳党支部の代表補佐ですか。この方とお会いになってますね?」

「………」

「この日が初めてで、次が翌月の九月十七日。それから十月二一日、十一月十五日、十二月二二日、それから次が、……翌年の二月十七日。

ここ空いてますな。何かありましたか?」

「………」

「……ふーむ」

「………」

「あ!そういえば、一月は、神祖では年明けの大祭がありましたな。それで都合が付かなかったのですかな?」

「………」

再三再四の森川の問い掛けに対し、高敏は黙秘し続けていた。

「ふー、よく頑張られますな。私では、とても真似できません。警察庁でも同じ様だったそうですが、早々にこちらへ寄越したのはそのせいかもしれませんな」

「………」

「打っても響かない鐘を相手にするのは、結構つらいものでしてね」

「………」

黙りこくる高敏に、

「ですがね…」

森川は接吻しそうなまでに顔を近付けた。

「…時間はたっぷりあるんですよ。これだけ埃が出てくるとね」

「………」

が、高敏は何も視てはいないのか、瞬き一つせずに佇むだけであった。こうまでされると、真剣な追及をしている方としては、馬鹿らしくなってくる。

「……はー。疲れますな、貴方の相手は」

「………」

森川は話題を変えることにした。

「確か、井戸ノ上君でしたかな。彼は、自分が全てやったんだと言ってますよ。御子は、悪事のあの字も触れておられないとね…」

（井戸ノ上……）

その名前は、高敏の記憶をかすかに刺激し、誠実そうな修業者の容姿を思い出させた。が、下僕等の個性を無視し続けた彼には、その顔の記憶は欠けていた。

「…大して高い地位にいなかったことは分かっている、と何度も言い聞かせているんですがね。……あれは、全部被る気でいるのかもしれませんな。いやあ、泣かせますな」

「………」

「しかし、元教祖とも…」

「！」

森川の聞き捨てならない言葉に、流石に高敏の眉根が動いた。

「…なれば顔も知らないのでしょうな?」

「………」

が、森川の問い掛けが完成した時には、高敏は元の沈黙を取り戻していた。

(よりによって、そちらに反応するとは)

森川は、目の前の男に嫌悪を感じていた。

「………」

「………」

しばしの沈黙。

「……やっと反応しましたな」

「………」

「まあ、話しかけで置いておくと、何やらアンフェアな気がしますし、きちんとお伝えしておきましょう。

そう貴方はもう、元教祖です」

「………」

高敏はじっとしていた。

「今朝方、そういう文章が飛び回ってましたわ。神祖教教授会と言うんですか?そこが連署入りで、貴方を正式に教祖から下ろす、となってました」

「!……」

高敏の額に、怒りのものとも焦りのものとも取れる、汗がうっすらとにじんでくる。

「世襲といっても、承認がいるそうですな。何でも、新しい教祖は貴方の従弟であられるそうで」

「……」

「信者といっても、つれないですな。きっと、このままでは危ないと思ったんでしょうな」

「……」

相変わらず口を開かないものの、その肩からは力強さが薄れている。

「不思議とは思いませんでしたか？　完全黙秘をしてきていらしたのに、逮捕の翌々日にはきちんと送検された」

「!……」

「そう、教授会は洗い浚《ざら》い話しましたよ。物部元総監も協力的ですし、実行犯も五人は身柄を確保しています。盾だとか矛だとかの物証が出されたのも大きいでしょうな」

「……」

高敏は項垂れた。

（我は、中心になったのでは無かったのか？）

そう自問してハッとした。

（そんなはずはない！そんな…、はずは……）

目の前の被疑者の様子に、森川は先が開けたことを確信した。この者を支えていたものは、根拠のある自信であったのだ。その根拠を崩した今、決着は付いた。

「さて、もう少し続けましょうか？」

「……休憩をくれ」

「よろしいでしょう」

森川は、とびっきりの作り笑顔で応じた。


口を開いた高敏の影響力は絶大であった。自分と関わりを持った政、官、財各界の人名を次々と挙げ、一大スキャンダルへと発展させた。それは、それぞれに無視できない規模の人事の入れ替えを強いることとなった。その矛先は神祖教にも向けられ、新たな逮捕者を出させた。

結果的には、あるべき正義の実現であったろう。が高敏にとっては、死なば諸共《もろとも》、といった心境であったのかもしれない。

高敏自身には、二月十六日の公判において、禁錮八年の実刑判決が下りた。ひと月という時間は、そのほとんどが、明らかにされた新事実の捜査の為に費やされたものである。自身の公判において、高敏は事実認定でほとんど争わなかった。その真意は必ずしも明らかではない。

罪名は、刑事法第七八条、内乱予備罪であった。

近畿管区隊の離脱宣言や、相模　晋への拉致・監禁、等を指して内乱の未遂罪には当たるのではないかとの指摘もされていた。が、大阪高検は、予備罪で起訴。大阪高等裁判所の判決もそれで下りた。


内乱罪とは「国の統治機構を破壊し、又はその領土において国権を排除して権力を行使し、その他憲法の定める統治の基本秩序を壊乱することを目的として暴動をした」と定められている。

またその行為の様子は、特定の首相を殺害するというものでは足りず、内閣制度を根本的に破壊するものでなければならないとされている。


さて、高敏の行為の目的は正にそのものであった。しかしその行為を「暴動をした」と言うのは、近畿管区隊は基地外に出ておらず、難しいだろうという方針は早々に決まっていた様だ。

では、その未遂罪と呼べるのか。未遂とするには、当犯行に関し、罰するに値する実質的な危険性は認められる必要がある。高敏らの場合、近畿管区隊の指揮を握っていたのは物部重久であった。ここの連絡が密であったならば、それでも適用に問題はなかったろう。が、その立証を、大阪高検はとうとう断念した。そこを一手に握っていたのは、あの自害した吉岡真人であったのだ。彼は物部の部下である。

尚、団体への規制を行なう破壊活動防止法は、事件後の教団の状況から、その適用は見送られた。

〈ひとまず了〉

著者プロフィール

鮎滝 渉（あゆたき しょう）

昭和53年11月22日生まれ。B型。

デビューは本作。

広島大学法学部で学び、模擬裁判（戯曲）、卒業論文（長文）を書いたことが、おそらく一番の契機。

常日頃､聴く音楽はヘヴィーメタル・ハードロックからクラシックまで、読む書物は劇画・小説から評論まで色々。「限る」ということをしてこなかった成果か、成れの果てか。

相模流処政術

2003年2月15日　初版第１刷発行

著　者　鮎滝 渉
発行者　瓜谷 綱延
発行所　株式会社文芸社
〒160-0022　東京都新宿区新宿1－10－1
電話　03-5369-3060（編集）
03-5369-2299（販売）
振替　00190-8-728265

印刷所　株式会社ユニックス

ISBN4-8355-5125-7 C0093